사
　시
사
　철

최용탁 산문집

사시사철

초판 1쇄 발행 • 2012년 4월 6일

지은이 • 최용탁
펴낸이 • 김영숙
편집 • 노윤영 엄기수 박지연

펴낸곳 • 도서출판 삶이보이는창
출판등록 • 2010년 11월 30일 제2010-000168호
주소 • 150-901 서울시 영등포구 영등포2가 94-141 동아빌딩 402호
전화 • 02-848-3097 팩스 • 02-848-3094
홈페이지 • www.samchang.or.kr

ⓒ 최용탁, 2012
ISBN 978-89-6655-006-7 03810

사시사철
기르는
생각
기르는
마음

최용탁 산문집

사
시
사
철

삶이보이는창

재주가 없는 데다가 게으르기까지 한 내가 두 가지 직업을 가지긴 애초에 무리인 터였다. 경험해보건대 농사와 글쓰기는 저울에 달면 서로 경중을 다툴 만큼 만만찮은 상대다. 둘 다 밥줄이 되지 않는다는 점에서도 그렇다. 이도 저도 아닌 바에야 과감하게 하나를 포기해야 마땅할 터인데, 물귀신에게 잡힌 것처럼 발을 뺄 수가 없다. 어느 한쪽에서 발을 뺀다면, 순간적으로 내가 아닌 누군가로 바뀔 것 같은 기묘한 강박이 이 어정쩡한 삶을 지속하게 만든다. 자연 농사도 글쓰기도 흉년이 거듭된다.

꽤 오래 일기를 썼는데 본격적으로 소설을 쓰기 시작하면서 오히려 그만두게 되었다. 아마 남에게 보일 목적으로 글을 쓰게 되자, 일기라는 은밀한 글쓰기와 멀어진 것 같다. 이 산문집에 실린

글을 쓰기 시작할 때 오래 밀어두었던 일기의 즐거움이 떠올랐다. 디스켓 한 장에 넣었다가 아주 분실해버린 내밀한 이야기들…….

남들에게 보여줄 수 없는 부끄러움은 빼되, 부끄러움의 속살을 아주 가리지는 말자고 마음먹으며 쓰기 시작했다. 내가 좀처럼 사람을 만나지 않고, 하는 일이 계절에 따라 거의 정해져 있어 글의 내용은 대개 농사를 지으며 떠오른 상념들이다. 모아놓고 다시 읽어보니 감상과 분노에 사로잡힌 대목도 있고 소소한 기쁨에 마음이 달떠 써 내려간 구절들도 눈에 띈다. 그리고 도시에서 자란 사람들에게는 낯설거나 사라져가는 풍경들이 내 기억에 남아 있다가 저절로 글 속에 스며들기도 했다. 어찌 보면 퇴행의 냄새가 풀풀 풍기는 글들인 것 같아 나름 진보라 자처하던 내 정체성에 대해 스스로 의심이 들기도 한다.

어중뜨기 농사꾼에다 말류 소설가로 살면서 그나마 책 읽기조차 멀리하니 세상의 속내를 살필 눈이 있을 리 없다. 다만 내가 살아가는 농촌이라는 터전이 단말마의 고비에 처해 있다는 것, 어쩌면 인간의 건강성과 흙에 대한 추억이 다시는 돌아오지 못할 마지막 인사를 우리에게 보내고 있다는 절박함이 조금이라도 전해졌으면 좋겠다.

우리가 사는 지구와 더불어 우리는 언젠가 우주의 한 입자로 흩어질 운명이다. 근원적으로 우리는 우주 앞에서 겸손해야 하리

라. 다만 겸손의 내용만은 인간이 가꾸어온 정신에 있을 터, 그것은 '아름다운 연대'가 아닐까.

  글을 연재할 지면을 준 〈한국농정신문〉과 '리얼리스트100'에 감사드립니다. '삶이보이는창'의 출판 동지들, 특히 꼼꼼하게 교정을 보아준 노윤영 동지 고생 많았습니다. 복숭아가 익을 무렵, 술상 차려놓고 한번 부르겠습니다.

                                        2012년 어느 봄날

                                        최용탁

막걸리 한 되

막걸리 한 되

사과 열매솎기를 하다가 잠시 땀을 들이는데 산자락 끝 그늘 속에 눈에 익은 나물이 소복하다. 그런데 이게 웬일, 이미 동이 서고 꽃이 필 때가 된 취나물이었다. 키는 한 자도 넘게 자랐지만 그늘 속이라 아직 연한 잎이 먹을 만했다. 새참 때라 출출하던 참에 뜻하잖게 취를 두어 움큼 뜯자 막걸리 생각이 간절했다. 봄이면 제일 먼저 나오는 홑잎이며 원추리, 잔대 싹, 다래 순 따위를 때를 놓치지 않고 뜯어 와 막걸리 잔깨나 비우곤 한다. 들기름에 소금과 깨소금만으로 무친 산나물 한 보시기를 놓고 한 되쯤 비우는 막걸리야말로 봄철의 빼놓을 수 없는 즐거움이다.

아내에게 취를 꽃다발처럼 흔들며 빨리 삶아 무치라고 닦달을 하고 병에 든 막걸리는 주전자에 담아 냉장고에 넣어둔다. 아직 해는 댓 발이나 남았지만 오늘은 혼자 술타령이나 하기로 하고 남은 일을 작파한다. 사실 별로 급한 일도 없었다. 복숭아 열매솎기는 진즉에 끝났고 사과나무는 올해 첫 수확이라 별반 달린 것도 없다.

원두막에 앉아 있자니 아내가 쟁반을 받쳐 들고 올라온다. 낮부터 술이냐고 지청구 한마디를 할 만한데 저나 내나 요즘 속이 제 속이 아닌 것을 알다 보니 별말 없이 내려놓고 간다. 첫 잔을 그득 따라 단숨에 비우자 막혔던 것이 내려가는 듯 온몸이 다 시원하다. 쌉싸래한 취나물 향기를 음미하며 다시 한 잔을 따르니 취기는 기분 좋게 퍼져나가는데 마음은 무거워진다.

부지깽이도 들썩인다는 요즘 철에 하루에도 몇 번씩 과수원을 일없이 어슬렁거리게 된다. 산보 삼아 돌아다니는 거면 오죽 좋으련만 간밤에 또 주저앉은 나무가 없나 살피는 것이니 속이 편할 리 없다. 용케 동해(凍害)를 이겨내고 살아났구나 싶었던 나무들이 다 늦게 죽어가고 있다. 꽃이 흐드러지게 피고 열매가 맺혔던 복숭아나무도 시들시들 마르다가 죽어간다.

절반이 넘는 나무들이 죽거나 열매를 맺지 못했으니 올해 살아갈 걱정이 태산이다. 본래 실한 농사꾼이 못 되어 남들 소출을 따라가지 못하는데 한 해 농사 시작도 하기 전에 이 지경을 당했으니 자려고 누웠다가도 벌떡 일어나 담배 한두 대를 끄기가 일쑤다. 전국적인 사태에 신이 난 것은 수입업자들이란다. 수입하겠다는 과일 물량이 작년의 몇 배가 넘고 소비자들 역시 수입 과일에 혀를 길들이고 있다고 한다.

정부에서 동해 피해를 보상한다며 조사를 해 가긴 했는데 돌아가는 꼴을 보니 보조금이라고 몇 푼 생색내고 대부분 융자로 해줄 모양이다. 사업하는 사람들이야 저금리로 돈을 빌리면 이리저리 굴리는 재주가 있겠지만 농사꾼이야 다시 돈 안 되는 땅에 넣어야 되니 그저 빚을 늘리게 될 뿐이다.

처음 농사를 지으러 내려올 때만 해도 빚을 지며 살게 될 줄은 생각지도 못했다. 돈을 벌어보겠다고 선택한 귀농은 아니었다. 도시의 무한 경쟁과 아귀다툼에서 벗어나 내 아이들에게 흙을 가까이하는 삶을 선사하고 싶었다. 4000평이 넘는 과수원을 열심히 가꾸면 그런 낭만적인 농촌 생활이 가능할 거라는 머릿속 계산도 있었다. 그런데 계산대로 되지 않는 게 농사였다. 수많은 시행착오를 겪고 이제야 조금씩 초보 농사꾼을 벗어나는 느낌이다.

막걸리 한 주전자가 비고 해는 서산에 걸렸다. 어질어질 취기가 오르니 농사 걱정도 만만해진다. 사람은 우환에 살고 안락에 죽는다고 한 사람은 요절한 시인 김관식이었다. 생각하면 근심도 걱정도 없이 사는 일은 얼마나 따분하고 재미없는 인생인가. 언제는 정부에서 농민들 살림살이에 관심이나 있었던가. 반쯤은 분노로, 반쯤은 절망으로 살아가는 게 농민의 삶이란 걸 깨닫는 데 15년 세월이 흘렀다. 주위의 많은 농민들이 거의 알코올중독자 수준으로 술을 달고 사는 것도 그런 연유일 게다. 나 역시 술이 주는 잠시의 위안에서 벗어나지 못하니 이제야 진짜 농사꾼이 되어가나 보다.

투
표
하
는
날

요 며칠 새 일당 5만 원짜리 일을 하고 있다. 복숭아 열매솎기 작업을 하러 다니는데 농사지은 지 15년 만에 남의 집 일 다니기는 처음이다. 다 지난겨울의 이상 한파 탓이다. 해마다 보름 정도를 사과와 복숭아 열매솎기에 매달리는데 올해는 일주일 만에 끝이 났다. 절반 넘게 동해를 입었기 때문이다. 봉지를 싸기 전까지 10여 일 남짓 일손이 남고 담뱃값도 당장 아쉬운 처지여서 일을 다니게 된 것이다.

일터는 옆 마을 주인이 병으로 앓아누운 복숭아 과원으로 마을 아주머니 네 명을 내 차에 태우고 함께 간다. 아침 6시 반에 일을 시작하여 오후 6시까지 작업을 하는데 바로 오늘이 투표일이라는 게 문제였다. 어제 계획하기를 5시 50분쯤에 투표장에 가서 기다렸다가 시작과 동시에 투표를 한 다음 일을 가기로 했다. 그런데 오늘 아침에 6시도 채 되기 전에 투표장에 도착해보니 세상에, 그 이른 시간에 면사무소 밖에까지 그야말로 사람들이 장사진을 이루고 있었다. 모두 우리와 같은 생각으로 일찍 투표장에 나온 것이다. 그 줄 끝에 서 있다간 어느 세월에 투표를 할지 알 수 없었다. 남의 집 일을 가는 처지에 그럴 수는 없었다. 우리는 일단 투표를 포기하고 과수원으로 갔다. 아직 주인도 나오지 않은 밭에서 우리는 20분이나 일찍 작업을 시작했다. 점심 먹고 나서 잠시 쉬는 짬에 투표를 하자고 의견들이 모아졌지만 점심시간이라고 상황이 다르지는 않을 것 같았다. 역시 그 시간에 사람들이 몰릴 테니까.

날이 날인지라 일하면서 나누는 대화도 선거 얘기가 많았는데 가만히 듣자 하니 네 사람이 마음에 두고 있는 후보자가 다 같은 당, 같은 사람이었다. 그 당은 내가 개인적으로 같은 하늘 밑에 살고 싶지 않은 정당이어서 조금 우울했다. 그렇잖아도 각종 여론조사에서 앞서가는 그 당을 지지하는 네 명의 유권자는 어떤 이유를 대도 마음을 바꿀 것 같지 않았다. 그들은 단 한 번도 투표에 불참해본 적이 없었고 역시 늘 여당을 찍었다고 했다. 그때 퍼뜩 '물귀신 작전'이라는 말이 떠올랐다. 어차피 투표가 어려워진 상황에서 나 하나를 희생하여 네 표를 막아보자, 하는 생각이었다.

아주머니들보다 먼저 점심을 뚝딱 해치운 나는 조용히 차를 몰고 투표장으로 향했다. 애석하게도 줄은 그다지 길지 않았다. 하지만 기왕 작전을 감행하기로 마음먹은 마당이었다.

"하이고, 사람들이 하도 많아서 오늘 투표하기는 어렵겠는디요."

고개까지 절레절레 흔드는 나를 보고 아주머니들은 적잖이 당황했다.

"어떡한디야? 투표는 꼭 혀야 되는디."

"에이, 뭐, 우리가 안 해도 될 사람은 될 것이구만요."

내가 능쳤고 작전은 거의 성공하는 듯했다. 그런데 시간이 갈수록 아주머니들이 안절부절못했다. 4시가 넘자 이장한테서 전화까지 왔다.

"큰 탈 났네. 우리 동네서 우리만 안즉 투표를 안 했대여. 이걸 어쩨?"

"이러다 우리 잡혀가는 거 아녀?"

칠십 대 노인은 잔뜩 겁까지 집어먹었다. 몇 해 전만 해도 마을 앰프에서 투표하지 않은 사람들 이름을 불러대곤 했었다. 내가 걱정 말라고, 국민들 절반쯤은 투표를 하지 않는다고 안심을 시켜도 아주머니들의 불안은 점점 심해갔다. 5시 반이 넘자 예상치 못한 사태가 벌어졌다. 아주머니 하나가 휴대폰을 꺼내더니 과수원 주인에게 전화를 걸었다.

"우리가유, 오늘 한 20분 먼저 나와서 일을 했어유. 그걸 따지자는 건 아니구유. 오늘이 투표니께 지금 좀 가봐야겠어유. 아, 그럼유. 낼까지는 끝낼 거구만유."

서두르는 아주머니들에게 더는 어찌해볼 도리가 없었다. 면사무소에 도착하니 마감 10분 전이었고 이장이 밖에까지 나와 기다리고 있었다. 황급히 투표장으로 들어가는 아주머니들을 따라 나도 지갑을 뒤져 주민증을 찾았다.

거의 성공할 뻔한 작전이 실패로 돌아가는 순간이었다.

콩
의
전
쟁

동해로 죽은 복숭아나무 사이에 서리태를 심었다. 흔히 밥에 섞어 먹는 검은콩인데 한 말에 칠팔만 원을 호가하는 귀하신 몸이다. 농사 중에 제일 편한 게 콩 농사라고 하지만 콩 한 알을 심어 거두기까지 그것은 작은 전쟁이라 할 만하다.

전쟁의 첫 전투는 모든 농사가 그렇듯이 땅과의 싸움이다. 인간이 세상에 나오기 훨씬 전부터 우리가 알 수 없는 어떤 목적으로 스스로 농사를 지어온 땅은 올해도 어김없이 수많은 풀들을 키운다. '숲의 은자' 헨리 데이비드 소로(Henry David Thoreau)는 콩 농사를 간단하게 정의했다.

"이 땅이 '풀!' 대신 '콩!'을 말하도록 하는 것"

농사의 첫 시작은 대지가 길러내는 자연을 농민의 인위로 바꾸는 것이다. 땅의 처지에서 보면 농민의 출현은 낯설고도 두려운 일일 테지만 그것까지 신경을 써가며 농사를 지을 수는 없다. 제초제를 치든 호미로 매든 먼저 땅을 점령한 풀들을 없애야 한다. 그러면 1차 전투가 끝난다.

콩을 심는 방법은 두 가지다. 밭에다 직접 콩을 심거나 묘판에서 싹을 틔워 기른 다음 다시 밭에 옮겨 심는 방법이다. 비가 내린 후에 촉촉이 젖은 땅을 호미 끝으로 파서 두세 알을 넣은 후 흙을 덮어주는 첫 번째가 전통적이고 손쉬운 방법이다. 하지만 여기에는 치명적인 적의 위협이 도사리고 있다. 적의 이름은 비둘기다. 도시에서도 이미 평화를 내리는 대신 사람들의 이마에 물똥을 내리는 것으로 악명을 떨치는 비둘기는 농촌에서도 그 악행을 멈추지 않는다.

콩나물을 키워본 사람은 알겠지만 땅속에 심긴 콩도 그와 똑같이 자란다. 콩의 한쪽에 난 눈에서 실뿌리가 나오고 뿌리가 흙 속의 양분을 빨아들이며 제 몸을 서서히 땅 위로 올려 보낸다. 보통 닷새에서 이레쯤이면 껍질을 벗은 콩이 머리를 내밀고 곧 두 쪽으로 갈라진다. 아직 콩의 형체를 가지고 있을 뿐 아니라 습기를 품어 부드러워진 그 상태가 비둘기에게는 더없이 훌륭한 밥상이다. 온 산의 비둘기들이 부리에 침을 흘리며(침 흘리는 것을 본 적은 없지만 틀림없이 그럴 것이다) 일제히 콩밭을 습격한다. 평소의 꾸룩거리는 소리도, 날갯짓 소리도 없이 내려앉은 놈들은 막 고개를 내민 콩들을 하나하나 끈질기게 집어삼킨다.

그렇게 많은 콩을 먹은 비둘기가 다시 땅을 박차고 날아오른다는 것은 하나의 불가사의다. 도시의 비둘기가 사람들이 던져주는 과자 따위를 먹고 비만에 빠져 날지 못하는 경우가 있다는데 산비둘기는 결코 밭 사이를 뒤뚱거리거나 모로 쓰러지지 않는다. 콩이 건강식품이라더니 과연 그런 모양이다.

농민의 입장에선 눈이 뒤집힐 일이다. 콩 씨 아까운 것은 그만두고 허리가 끊어져라 구부리고 심은 노고가 억울한 것이다. 다시 비를 기다려 재차 심어보지만 콩이 나올 무렵이면 출출해진 비둘기들이 또 들이닥치지 않는다는 보장이 없다. 농민들도 독한 마음을 먹고 농약에 버무린 콩을 밭머리에 던져놓곤 하지만 아무래도 이 싸움의 승자는 아직 비둘기 쪽인 것 같다.

묘수를 생각해낸 것은 아무래도 새보다는 머리가 좋은 사람 쪽이었다. 비둘기가 콩을 즐겨 먹지만 결코 콩잎은 먹지 않는다는 사실에 착안해 나온 것이 묘판에서 콩 싹을 틔우는 방법이었다. 플라스틱 재질로 만들어진 묘판에 흙을 담고 콩을 빼곡하게 심은 다음 완전히 떡잎이 올라와 두세 잎이 퍼진 후에 밭에 옮겨 심는 것이다. 못자리에서 키운 벼를 논에 이앙하는 것과 같은 이치다. 묘판의 면적은 얼마 되지 않으니 비닐 따위로 덮어놓으면 비둘기의 침입을 완벽하게 막을 수 있다. 물론 어린 콩 모를 옮겨 심는 일은 그냥 콩을 심는 것보다 몇 배는 힘이 들고 손이 많이 가는 일이지만 비둘기와의 전쟁에서 승리하기 위해서는 감수해야 한다.

드디어 이겼다! 옮겨 심은 콩 모에 비둘기는 얼씬도 하지 않았다. 그런데 승리감도 잠시, 곧 또 다른 적이 나타났다.

우리나라 사람들 귀에 가장 익숙한 의성어는 '땡땡땡' 이고 의태어는 '깡총깡총' 일 것이다. 학교종이 사라졌어도 '땡땡땡' 은 남아 있고 산토끼는 못 보았어도 '깡총깡총' 뛰는 줄은 안다.

〈산토끼〉라는 노래 2절에, 도토리 점심 가지고 소풍을 간다, 라는 대목이 있다. 도토리는 가을에 나지만 산토끼라는 놈이 가을 소풍뿐 아니라 여름 소풍도 즐긴다는 데 농부의 괴로움이 있다. 토끼는 콩 순을 점심으로 여름 소풍을 간다. 아니, 콩밭으로 소풍을 온다.

고기가 귀했던 시절에 농촌에서는 닭과 더불어 토끼를 꽤 많이 키웠다. 소나 돼지는 살림살이에 속하는 것이니 입으로 들어올 리 없고 만만한 게 닭과 토끼였다. 토끼는 한 달에 한 번 네댓 마리씩 새끼를 낳기 때문에 잘만 키우면 애들 용돈 정도는 장만할 수 있었다. 그런데 그 엄청난 식성 때문에 아이들은 풀을 하느라 해를 지우기 일쑤였으니 토끼를 많이 키우던 나는 애들과 어울려 놀 시간이 없었다. 입맛도 까다로워서 개울가에서 아무 풀이나 베어다 주면 잘 먹지도 않는다. 토끼가 제일 좋아하는 풀은 산에서 나는 칡잎이나 흔히 토끼풀이라고 하는 클로버, 그리고 콩잎이었다. 세 가지를 한꺼번에 주면 콩잎, 칡 잎, 클로버 순으로 먹어치웠다. 한창 콩이 우거지면 웬만큼 잎을 따내도 괜찮기 때문에 나는 콩잎을 훑느라 손에 풀물이 들곤 했다.

하여튼 토끼가 콩잎을 몹시 즐긴다는 것을 알고는 있었지만 우리 뒷산은 아주 낮은 산이었으므로 산토끼가 얼마나 있으랴, 마냥 방심했던 것이다. 또 예전과 달리 칡덤불이 산을 뒤덮다시피 널려 있어서 위험한 인간의 텃밭으로 내려오는 대신 산에서 칡 잎이나 곱다시 먹으리라고 생각한 게 또한 불찰이었다.

비둘기와의 전쟁에서 최종적인 승리를 거두고 난 후 새벽에 밭을 둘러보던 나는 경악하고 말았다. 세상에, 마침 비까지 내려 예쁘게 올라오던 콩 순이 무수하게 잘려 있었다. 맨 아래 떡잎과 줄기만 남기고 잘라 먹은 범인은 오래 찾을 것도 없었다. 자수라도 하겠다는 듯이 밭 곳곳에 콩자반 같은 똥을 싸놓은 놈은 틀림없는 산토끼였다. 순간, 좀체 분노하지 않는 나도 새벽하늘에 대고 외줄기 비명을 질렀고 혹시 놈이 어딘가에 숨어 있을까 싶어 주먹만 한 돌을 찾아 움켜쥐기까지 했다. 아무리 어린 시절에 풍금 소리에 맞춰 부른 노래의 주인공일지라도 그때의 심정은 쉽게 가죽이라도 벗길 수 있을 것 같았다. 물론, 흥분이 가라앉자 산에 사는 모든 토끼의 가죽을 벗길 수는 없으며 또 그런 짓은 나보다 사냥꾼에게 어울리는 일이라는 판단이 들어 토끼 막을 대책을 곰곰 생각하게 되었다.

토끼도 짐승일 뿐이니 비둘기를 물리친 내가 질 수는 없었다. 적이 조류에서 포유류로 조금 진화했을 뿐 아직 인간의 거리를 나란히 거닐기엔 한참 뒤떨어진 존재일 테니 말이다. 그렇다고 금방 뾰족한 수가 나는 것은 아니어서 나는 우선 밭 둘레에 듬성듬성 말뚝을 박고 인삼밭에서 차광막으로 쓰는 폐비닐을 주워 와 울타리를 쳤다. 높이는 1미터도 채 되지 않았지만 토끼가 그 정도를 뛰어넘을 것 같진 않았다. 산속에서 저희끼리 높이뛰기 연습을 하지 않는 이상.

다음 날도 그 다음 날도 더 이상 산토끼의 침입은 눈에 띄지 않았다. 다만 나는 믿기지 않는 광경 하나를 목격했다. 울타리 밖에 이상한 움직임이 있어 가까이 가보니 놀랍게도 거의 너구리만 한 토끼가 한 마리 앉아 있었다. 그런데 산토끼가 아니었다. 토끼라면 토종에서 앙골라까지 키워본 내가 한 번도 본 적 없는 토끼였다. 큰 덩치에 느린 그 토끼는 자세히 보니 앙골라와 토종 토끼, 그리고 산토끼까지 조상으로 둔 튀기였다. 아마 키우던 토끼가 종을 초월한 사랑을 나눈 모양이었다. 그런 생김새의 토끼가 산에서 살아간다고 생각하니 좀 이상한 기분이 들기도 했다.

그런데 산 넘어 마운틴이라더니, 토끼가 물러간 지 사흘이 지나자 이번에는 울타리를 뛰어넘는 적이 침입했다. 이름도 고약스런 고라니라는 놈이었다. 나는 실의와 절망에 빠졌으나 이번에는 쉽게 풀렸다. 이웃에서 키우던 개를 한 마리 빌려주며 밭가에 매어놓으라는 간단한 전술을 알려주었던 것이다. 오랑캐로 오랑캐를 누른다더니, 과연 겁 많은 고라니는 컹컹거리는 개 짖는 소리에 오금을 펴지 못해 다시 콩밭을 넘보지 않았다.

이제 전쟁은 끝난 걸까? 털어서 가마니에 담을 때까지는 모를 일이다. 아무래도 콩의 전쟁이 아직 끝나지 않은 것 같다.

두
농
부

나는 지금 사는 마을에 햇수로 16년째 살고 있다. 충주댐으로 수몰된 고향에서 15년을 산 것 외에 제일 오래 정착한 곳이고 어쩌면 남은 평생도 여기에서 살 것 같다. 처음에 이사를 왔을 때는 스물다섯 가구쯤 되었는데 지금은 열일곱 집이 전부인 작은 마을이 되었다. 아예 마을을 떠버린 집도 꽤 있고 노인들만 살다가 세상을 뜨는 바람에 빈 집이 된 곳도 있다.

마을에서 내가 두 번째로 젊은 사람이니 우리 동네도 여느 농촌과 다름없이 주로 노인들이 살고 있고, 애기 울음소리가 끊긴 지는 10여 년이 다 되었다. 딱히 전답을 많이 가진 부농도 없고 그렇다고 끼니 걱정을 할 정도로 궁핍한 집도 없이 고만고만한 살림살이들이다.

나는 마을에 같은 또래도 없고 겨울이라도 어른들 모여 있는 마을회관 출입을 무시로 할 수도 없어서 마을 분들과 그다지 살갑게 지내는 편은 아니다. 그렇지만 오래 살다 보니 저절로 알게 된 이웃들 사연 중에는 혼자 알고 있기 아까운 이야기도 많다.

내가 처음 왔을 때 한창 힘을 쓸 오십 대 중반쯤 되는 두 농부가 있었다. 마을의 양쪽 끝에 살던 두 사람은 동갑에 성도 같은 조 씨고 먼 일가붙이라고 했다. 마을 사람들은 한 사람을 '허연 조 씨', 다른 사람을 '꺼먹 조 씨'라고 불렀다. 물론 당사자들이 없을 때 부르는 호칭이었다.

'허연 조 씨'는 딱 보자마자 왜 그런 별명이 붙었는지 알 만했다. 머리숱은 많은데 검은 터럭이라곤 찾아볼 수 없이 온통 백발이었던 것이다. 요즘은 농촌에서도 대개 염색을 해서 머리만 보아선 노인인지 가늠하기 어려운 데다 나 역시 그렇게 완벽한 백발은 별로 본 기억이 없었다. 하지만 그는 머리만 세었을 뿐 딱 벌어진 체구에 첫눈에도 힘깨나 쓸 장사였다. 역시 그는 마을에서 제일 농사를 잘 짓는 실농군이었고 그의 논둑, 밭둑에는 잡초가 자랄 새 없이 반들반들하게 낫질이 되어 있었다. 일소로 키우는 늙은 암소도 기름이 흐르고 송아지를 쑥쑥 낳고 있었다. 술도 입에 대지 않아 가히 마을에서 제일가는 농군이었다.

'꺼먹 조 씨'는 왜 그런 별명이 붙었는지 얼른 이해가 가지 않았는데 알고 보니 남달리 까만 얼굴빛 탓이었다. 농부들이야 도시에 나가면 검게 탄 얼굴만으로도 표가 나는 법이지만 그는 좀 정도가 심하게 검었다. 그는 아무리 땡볕이라도 모자를 쓰지 않았다. 남의 집 머슴을 살다가 보리쌀 두 말로 살림을 시작했다는 그는 마을에서 제일가는 억척 농군이었다. 한 번 돈을 쥐면 낭떠러지에서 떨어지다가 붙잡은 나뭇가지로 생각했다고 한다. 그러니까 손에서 놓으면 곧 죽는다는 각오로 돈을 모으고 전답을 늘렸다.

내가 처음 이들을 만났을 때가 두 사람의 전성기였다. 한 사람은 농사의 달인으로, 또 한 사람은 그악스런 억척으로 마을에서 꽤 많은 농토를 비슷하게 소유하고 경쟁하듯 더욱 땅을 늘리고 있었다. 마을의 다른 사람들이 도저히 흉내 낼 수 없을 정도로 그들은 부지런했다. 사람들이 그들에게 붙여준 별명에는 은근한 시기심이 감추어진 것이었다. 나는 그들이 살아온 가난한 젊은 시절과 고생담을 듣는 재미가 쏠쏠하여 다른 마을 사람들보다 가깝게 지냈다. 그들의 이야기는 여러 차례 내 소설에 에피소드로 등장하기도 했다.

그런데 그렇게 억세고 부지런하던 그들을 무너뜨린 게 있으니 다름 아닌 세월이다. 곰처럼 굵은 허리로 남보다 두 배는 더 큰 짐을 지게로 지던 '허연 조 씨'는 7년 전에 뜨거운 논바닥에서 일하다 쓰러져 그 길로 세상을 떴다. 많던 전답도 도시에 살던 자식들이 다 흩고 말았다. '꺼먹 조 씨'는 평생 동안 쉴 참에 마신 소주가 화근이 되어 간경화에 걸렸고 몇 달째 병원에서 사경을 헤매다가 역시 세상을 떴다.

16년 전에 마을에서 제일가던 두 농부가 결국 그렇게 삶을 마감하는 것을 보니 그 세월이 짧지 않음을 새삼 느낀다. 일하다 병들어 죽는 게 사람의 한평생임을 모르지 않건만, 저 우직하기만 하던 두 농부의 삶은 과연 무엇이었는지, 문득 사는 게 안갯속 같다.

꿀
벌
이
야
기

올해는 일주일 간격으로 네 차례나 옥수수를 심었다. 나만 빼고 온 식구가 옥수수를 몹시 좋아하여 해마다 조금씩 심기는 했다. 옥수수가 익으면 부모님과 아내, 아이들까지 하루에도 몇 개씩 입에 달고 산다. 한꺼번에 심으면 수확도 한꺼번에 하게 되어 날 때는 너무 많고, 떨어지면 곧 궁해지는 판이라 오래도록 따 먹을 요량으로 간격을 두고 심은 것이다.

먼저 심은 놈은 벌써 수염이 말라 두어 번 쪄 먹었는데 한창 꽃을 피우는 놈들도 많다. 옥수수꽃이라는 게 꽃 축에도 끼지 못할 만큼 볼품없고 지기 시작하면 왕겨같이 생긴 마른 꽃을 사방에 흩뿌려 지저분하기까지 하다. 그런데 요즘 보니 그 같잖은 꽃에 벌들이 온통 몰려들어 난리다. 가까이 가면 붕붕거리는 소리가 거의 두려움을 일으킬 정도다. 벌떼처럼 달려든다, 라는 말이 얼마나 실감

나는 표현인지 새삼 느끼게 된다.

　모르긴 몰라도 옥수수꽃에 별로 꿀이 들어 있을 것 같지는 않다. 그런데도 벌들이 그렇게 몰리는 것은 단 하나의 이유, 다른 꽃이 없기 때문이다. 아카시아며 밤꽃이 진 요즘이야말로 벌의 입장에서 보면 보릿고개인 것이다. 옛날 춘궁기 때 송기나 풀죽으로 연명했듯이 벌들이 옥수수꽃으로 겨우 연명하고 있는 셈이다.

　군거 생활의 명수인 벌들이 보릿고개를 미리 대비하지 않았을 리는 없다. 올해 아무리 꽃이 시원찮게 피었다 해도 미리미리 꿀을 따다 저도 먹고 새끼도 키울 만큼 저장해둔 게 틀림없다. 문제는 그 꿀을 사람들이 빼앗아 간 데 있다.

　벌들은 모두 주위에서 키우고 있는 양봉들이다. 나도 몇 년 동안 벌을 키워봐서 아는데 아카시아와 밤꽃에서 모아온 꿀을 뜰 때마다 참으로 가혹하다 싶은 게 양봉업이었다. 수만 마리의 벌들이 쉬지 않고 물어온 꿀을 하루아침에 빼앗고 나면 미물일지언정 미안한 마음이 들 수밖에 없었다. 벌들은 또 얼마나 황당하고 분한 일이겠는가. 자연의 법정이 있다면 당연히 벌의 손을 들어주겠지만 나는 아직 벌들로부터 고소장을 받았다는 양봉업자를 본 적은 없다.

　꿀을 빼앗긴 벌들은 고난의 시절로 들어간다. 들과 밭에 핀 이름 없는 꽃들이 근근이 생명을 이어줄 젖줄, 아니 꿀줄이다. 그런데 그것도 쉽지 않다. 냉이나 클로버 꽃 따위에 꿀이 좀 들어 있는데 제초제를 치고 예초기로 깎아대니 꽃이 필 새가 없는 것이다. 물론 사람이 설탕물을 타서 주긴 한다. 하지만 그것은 헐수할수없어 먹는 것일 뿐 벌에게는 단순한 당분 이상의 것이 필요하다. 내가 벌이 아니어서 자세히 알 수는 없지만 흰 설탕만으로 무럭무럭 알을 까고 번성하지는 못할 거라고 굳게 믿는다. 그래서 벌들은 때로 산속에 핀 꽃들을 향해 원행을 한다. 하지만 그것은 위험한 여행이다.

어느 날 나는 벌통 입구에서 거의 손가락만 한 벌이–충청도에서 '바다리벌'이라고 부르는–자리를 잡고 앉아, 들어오는 꿀벌들을 끊임없이 죽이는 것을 보았다. 그것은 가히 제노사이드라고 할 만한 광경이었다. 머리가 잘린 수많은 꿀벌들이 나뒹굴었고 동료들의 사체를 보면서도 벌들은 끊임없이 바다리를 향해 돌진하고 있었다. 어떤 방법을 썼는지 알 수는 없으나 수백 마리의 꿀벌 사체 옆에 거대한 바다리 한 마리도 죽어 있었다. 나중에 최종천 시인이 가르침을 주었는데, 꿀벌들은 바다리를 둘러싸고 끊임없이 날갯짓을 해 체온을 올려 죽인다고 한다. 학살에 몰두한 바다리를 내가 발로 밟아 죽임으로써 전쟁은 끝났다. 산속에 사는 바다리가 자신의 영역을 침범한 꿀벌을 쫓아와 벌인 참극이었다.

시중에서 꿀을 사려고 하면 대개 아카시아나 밤꿀이다. 그런데 드물긴 하지만 잡꿀이라는 꿀이 있다. 상인들은 여러 가지 꽃에서 나온 꿀이 섞여 더 좋다며 비싸게 값을 매긴다. 바로 지금부터 수

많은 잡꽃들에서 조금씩 벌들이 따온 꿀을 가을까지 모았다가 한 꺼번에 뜨는 꿀이다. 나는 벌을 칠 때도 차마 이 꿀만은 뜨지 못했 다. 잡꿀마저 뜨면 명색이 꿀벌인데 1년 내내 꿀은 못 먹고 설탕물 만 먹고 살게 되는 것이다.

지구에서 꿀벌이 완전히 사라지면 몇 년 안에 인간도 사라진다 고 한다. 이미 많은 꿀벌이 사라졌다는 보도를 본 적이 있다. 옥수 수꽃에서 잉잉대는 꿀벌들의 날갯짓이 허투루 보이지 않는다.

쇠
파
리
에
쏘
인
날

염천이다.

　따로 피서를 갈 처지가 아니다 보니 선풍기만 불이 나도록 돌리며 더위가 가기를 기다리는 수밖에 없다. 다행히 농사일은 그다지 급한 게 없어 식전과 저녁참에 두어 시간씩 손발을 놀리면 된다. 이른 새벽에는 그래도 서늘한 기가 있어 일을 할 만한데 저녁에는 종일 내리쬔 불볕 끝이라 한바탕 땀으로 목욕을 하게 된다. 그러고 나면 훌훌 옷을 벗어 던지고 마당에서 물을 끼얹곤 하는데 농사용으로 판 관정(管井)에서 나오는 물이라 시원하기가 수돗물은 댈 게 아니다. 보는 눈이 없는 외딴집에 사는 즐거움 중의 하나다.

　어제도 그렇게 물을 끼얹고 돌아서는데 무슨 예감처럼 소름이 쫙 끼치는 것이었다. 그리고 다음 순간, 격렬한 통증이 등을 찔렀다. 그 아픔을 무어라 해야 좋을까. 벌침이 한 2센티미터쯤 박히는 느낌, 아니면 이쑤시개 정도의 입을 가진 모기에게 찔린 아픔이랄까. 나는 공격자가 쇠파리임을 직감했다. 놈이 아니고는 그만한 통증을 줄 날것이 없었다. 몸을 뒤틀며 손이 닿지 않는 곳을 간신히 후려치니 과연 엄청난 크기의 쇠파리가 유유히 제 갈 길로 날아가는 것이었다.

쇠파리에 쏘여보지 않은 사람들을 위해 그 아픔을 과장하지 않고 말하자면, 부모를 모시고 아이 셋을 키우는 사십 대 중반의 가장이 아니라면 대개 그 자리에 앉아 눈물을 찔끔거릴 정도라고 해두고 싶다.

쇠파리는 보통 파리의 두어 배에서 예닐곱 배 정도 크기로 꽤 다양한 몸피를 하고 있다. 색깔은 파리의 검은색에 회색을 덧칠해놓은 빛이다. 무슨 이유인지는 모르지만 꼭 한여름 삼복더위 무렵에 나타나 소와 인간을 괴롭히다가 더위가 지나면 좀체 볼 수가 없다. 이름자에 나타나듯이 쇠파리는 주로 소에 달라붙는데 이름만 파리일 뿐 피를 빨아 먹는다.

그런데 누구나 알듯이 소란 짐승은 질기고 두꺼운 가죽을 가진 존재다. 그 가죽으로 신발을 해 신으면 몇 해가 가도 해지지 않고, 가죽의 연한 부분을 익혀서 먹는 수구레라는 음식은 인간의 치아로 저작하기에 실로 버거운 먹을거리다. 염치없고 낯 두꺼운 사람을 소가죽이 씌웠다고 일컫기도 한다. 얼굴에 철판을 깔았다, 라는 지나치게 과격한 표현이 나오기 전의 말이다.

바늘도 잘 들어가지 않는 소가죽을 뚫고 피를 빨아대는 쇠파리의 침은 일종의 신비라고 해야 할 것이다. 소를 가까이에서 본 사람은 알겠지만 여름에 소가 끊임없이 꼬리를 휘저으며 제 몸을 치는 것은 바로 쇠파리를 쫓기 위함이다. 하지만 꼬리는 짧고 몸통은 넓다. 쇠파리란 놈이 꼬리의 사정권에서만 놀 리가 없다.

집에서 소를 키우던 어린 시절에 나는 소가 쇠파리와 벌이는 그 승산 없는 싸움에 몹시도 애가 탔었다. 지금 생각하면 외양간에 질펀한 소똥을 무릅쓰고라도 소의 편에서 함께 싸워야 했다는 후회가 들기도 한다. 내 관찰에 의하면 꼬리가 닿지 않는 곳에 쇠파리가 앉으면 소는 그 부분의 근육을 부르르 떨곤 했다. 그러면 쇠파리가 날아갔지만 금방 다시 돌아와 앉았다. 어린 나는 소의 경련이 쇠파리를 쫓으려는 몸짓으로 알았지만 아마 이미 쇠파리에게 찔린 아픔으로 떨었을 것이다. 오랜만에 내가 맛본 그 격심한 통증을 소라고 왜 모르겠는가. 그리고 송아지가 태어났을 때 제 몸의 쇠파리를 아랑곳하지 않고 새끼의 몸에 한없이 꼬리질을 하던 그 순했던 우리 집 암소를 나는 기억한다.

쇠파리란 놈은 소의 피만으로 성이 안 차는지 자주 사람을 공격했다. 내 경험으론 몸에 땀이나 물기가 있을 때 특히 사람에게 달려드는 것 같았다. 내가 여러 차례에 걸쳐 쇠파리의 침을 맛본 것은 거의 멱을 감을 때였다. 강에서 한참 멱을 감다 지쳐 잠시 강변에 앉아 있을 때 등을 찌르던, 그 머리털이 쭈뼛 서던 아픔이 지금도

선연하다. 다행히 쇠파리에는 벌처럼 독이 들어 있지 않지만 붓기
가 가라앉을 동안 가려움과 함께 선득하니 소름이 끼치곤 했다.

　삼복에 찾아오는 달갑잖은 날것에 쏘이기까지 했어도 오래전
에 키우던 순한 암소의 추억을 되살려준 것으로 흔쾌히 쇠파리를
용서해야겠다. 하긴 복수를 하겠다고 날뛴들 이 더위에 땀이나 빼
지, 무슨 잇속이 있을까 보냐.

선
거
도
재
미
있
다

내가 사는 지역에서 국회의원 보궐선거가 있었다. 이 지역은 유난
히 보궐선거를 많이 치렀다. 현직 시장이던 이가 임기 도중에 국회
의원에 출마하여 시장 보궐선거를 했고 국회의원에 당선된 그 전
임 시장이 다시 국회의원 직을 내놓고 도지사에 출마하여 당선되
는 바람에 또 국회의원 선거를 하게 된 것이었다(세상에, 한 문장
에 이렇게 많은 정치적 단어를 써본 적은 처음이다). 다른 동네보
다 갑절이나 자주 선거가 벌어지다 보니 선거판을 살판으로 여겨
이판사판으로 경중대는 사람도 늘어나, 생판 구정물 튀어간 인연
도 없는 이가 누구를 부탁합네, 누구를 찍어주소 하는 전화를 걸어
오기가 일쑤였다. 전화는 늘 친절하게 받아야 한다는 교양이 몸에
밴 터라, 꼭 찍어드리고야 말겠다는 다짐을 주곤 하는데 그러다 보
니 하루에도 서너 번씩 찍어야 할 후보가 바뀌기도 했다.

그래도 전화로 하는 선거운동은 그다지 귀찮을 까닭이 없지만 시내에서 마주치는 후보자와 선거운동원들의 하소, 읍소, 절소, 미소, 파안대소에 에멜무지로 내미는 손까지 뚫고 길을 가는 일은 작은 정글을 지나는 수고로움에 버금간다. 시내의 모든 사거리는 방진을 친 선거운동원들이 차 타고 가는 표, 걷는 표, 자전거 표, 지팡이 표까지 모조리 한 그물에 잡아들이려는 태세로 아침부터 저녁까지 풍악을 울리고 춤을 춰댄다.

그뿐인가. 텔레비전 아니면 보지 못할 여야의 영수와 이름 높은 정치가들이 날이면 날마다 좁은 지역을 휩쓸고 다녀 구경거리라곤 이웃 싸움이나 불구경밖에 없는 시골 사람들에게 자못 재미난 나날이기도 했다. 홍길동처럼 은평에서 태백 정선 찍고 충주 들러 천안 거쳐 다시 은평에서 저녁을 맞이하는 신출귀몰에 연속극 시작하는 것도 잊고 뉴스를 보는 이가 생겨날 지경이었다.

나 역시 얼굴 알고 이름은 들었으되 평생 만나볼 일은 없을 줄 알았던 중앙 정계의 거물들을 숱하게 보았다. 여야 합쳐 수십 명씩 되는 그들이 빼먹지 않고 떼거리로 다니며 선거운동을 하는 곳이 5일마다 열리는 장터요, 장날로 말하자면 오래전부터 내가 막걸리 한두 병을 일삼아 마시는 날이기 때문이었다. 직업적인 이유로 시골 사람들의 사투리나 입말을 취재하기 위해 장터 한쪽의 가설 주막에 두어 시간씩 앉아 있는 것인데, 그 높으신 정치인들이 주막에 앉아 막걸리에 수염 적시는 노인들을 그렇게 좋아하는 줄 예전엔

미처 몰랐다. 그들은 메추리, 닭발, 돼지곱창이 뿜어대는 매캐한 연기와 냄새 속을 환한 웃음으로 뚫고 들어와 짠지를 집던 손, 막걸리를 휘저은 손, 오줌을 털고 들어온 손을 가리지 않고 마치 신줏단지나 모시듯 두 손으로 감싸 쥐는 것이었다.

그중에 출마한 후보자가 하는 양은 보기에 민망할 정도였는데 그 이유는 민도(民度)가 성숙한 탓이라고밖에 할 수 없었다. 여야의 영수가 들이닥쳐도 고개만 돌릴 뿐 자리에서 일어서는 사람은 거의 없었다. 아마 어느 모사가 낸 계책이겠지만 후보자는 유권자와 악수를 할 때 굽어보면 안 된다고 굳게 믿는 눈치였다. 그러다 보니 안타깝게도 그는 푹푹 찌는 주막 안을 허리를 잔뜩 꺾은 채 돌아다녔다. 문제는, 주막 안은 탁자만 있는 게 아니라 바닥에 앉아서 먹는 사람도 있다는 거였다. 꼼짝없이 오리걸음까지 걷던 후보자는 거의 내 앞에 이르렀을 때 휘청, 균형을 잃더니 옆으로 넘어지고 말았다. 비 오듯 흐르는 땀과 한눈에도 피곤이 가득한 몰골로 보아 넘어진 김에 쉬어 간다는 격언을 떠올리면 오죽 좋으련만, 장차 동량이 될 의지에 불타는 그는 불에 덴 놈처럼 벌떡 일어나 내게 손을 내밀며 환히 웃는 것이었다.

그들은 차량에 마이크를 달고 쉼 없이 떠들어댔는데 워낙 성능이 좋아 장터의 온갖 시끌벅적함을 헤치고 선명하게 귀에 들어왔다. 문제는 그들이 공통적으로 일종의 착각을 하고 있다는 것인데, 우리나라 유권자의 나이를 만 9세에서 13세 정도로 알고 있더라는 것이다. 그렇지 않고서야 그렇게 유치한 발상을 할 리 없으며 똑똑한 중학생만 되어도 넘어가지 않을 거짓말을 그토록 진지하게 할 수는 없을 것 같았기 때문이다. 그 유치함과 거짓말의 내용은 너나 없이 알고 있으니 이만 각설.

여
름
나
기

더위도 보통 더위가 아니다. 해마다 열대야가 오긴 해도 내가 사는 곳은 산이 곁에 있고 나무가 우거져 저녁이면 견딜 만했는데 올해는 벌써 며칠째 잠을 설친다. 가뜩이나 더위를 타다 보니 남은 여름이 길기만 하다.

요즘 한창 복숭아를 따는데 우리 과수원은 다품종 소량 생산 위주이기 때문에 한꺼번에 많이 따지는 않는다. 매일 50박스 정도 하는 작업은 네 식구가 손발을 맞추면 한나절도 채 걸리지 않는다. 그 외에도 소소한 일이 끊이지 않는 것이 농사지만 요즘처럼 더운 날씨에는 원두막에 앉아 더위를 피하는 시간이 많다. 가끔씩 혼자 술 마시는 일 말고 특별한 취미가 없는 나로서는 잠 안 오는 밤이나 원두막에 앉아 있는 시간을 보내는 방법이 주로 책 읽기다. 소설은 최소한 며칠 정도의 여유가 생겨야 쓰는 버릇이 들어서 아예 손을 놓은 터라 이 기회에 밀린 독서를 하기로 계획을 세웠다. 좋은 책에 빠져 읽다 보면 더위도 잊을 만하고 마음의 양식도 될 수 있을 터이니 굳이 이 나이에 다른 취미를 붙일 일이 없겠다.

올여름에 내가 읽기로 한 책은 하워드 진(Howard Zinn)과 박상륭이다. 나는 보통 한 작가를 정해놓고 그의 책을 전부 읽는 방법으로 독서를 하는데 박상륭만은 그의 책 중에 『죽음의 한 연구』만 읽기로 했다. 20여 년 전에 도전했다가 하도 끔찍해서 실패한 경험이 있기 때문이다. 하워드 진은 국내에 출판된 저서가 대여섯 권 정도이고 전에 수박 겉핥기로 읽어본 바 그다지 어려운 내용이 아니어서 이참에 떼려고 한다. 혹시 여름이 길어지면 박노자를 추가할 생각이다.

하워드 진을 선택한 것은 미국을 대표하는 진보학자이면서 노엄 촘스키(Noam Chomsky)와 더불어 '세계의 양심'이라고 불리던 그가 얼마 전에 세상을 뜬 데 대한 추모의 염도 있지만, 요즘 돌아가는 세상이 하 수상하기 때문이다. 며칠 전에도 미국에서 온 관리가 미국산 쇠고기에 대해 '월령을 따지지도, 부위를 묻지도 말고' 수입하라는 망언에 가까운 말을 쏟아냈다. 텔레비전으로 보는 일개 백성도 얼굴이 화끈거리는데 이 나라의 위정자들은 대체 무슨 약점을 잡혀 이리도 저자세인지 알 수가 없다. 그뿐인가. 한반도에서 사상 최대의 전쟁 훈련을 하더니 연일 남북 간의 대결을 부추기고 있다. 오바마가 집권한 후에 내심 조금은 달라지지 않을까 했던 기대는 더 악화될 것 같다는 불안으로 바뀌고 있다. 과거 전쟁 발발 직전까지 갔던 클린턴 집권기가 떠오르는 것은 나만의 과민일 것인가. 하워드 진은 『미국민중사』에서 미국의 본질을 낱낱이 폭로한다.

"나는 그 어떤 전쟁도 환영할 생각이네. 이 나라에는 전쟁이 필요하기 때문이지."

이 단순 명쾌한 말은 미국 대통령을 지낸 시어도어 루스벨트(Theodore Roosevelt)가 한 말이다. 미국의 역사 전체를 통해 볼 때 이 말은 실증된 명제이다. 우리는 함선에 어뢰 공격을 받았다는 구실로 전쟁을 일으켰으나 어뢰는 발사되지도 않았음이 밝혀진 통킹만 사건을 이미 잘 알고 있다. 책에 따르면 미국은 베트남에 선전포고를 하기 수년 전부터 이미 불법적으로 전쟁에 돌입해 있었다.

『미국민중사』는 여러 모로 미국이라는 나라에 대해 생각하게 하는 책이다. 세계 최고 수준의 민주주의를 담고 있다는 미국 헌법을 기초한 55명 중 반이 부유한 사채업자였다는 사실 앞에 과연 민주주의가 지고지순의 이념인가 싶은 의심도 든다. 나는 전부터 민주주의의 꽃이라는 선거에 대해 대안 없는 회의를 가지고 있었는데 이 책에서 같은 고민을 한 사람을 만나서 정말 반가웠다. 시각·청각 장애자이며 사회주의자였던 헬렌 켈러(Helen Adams Keller)는 이렇게 말했다.

"우리가 투표를 한다고? 그게 갖는 의미가 무엇인가? 거기서 거기인 것들을 놓고 선택할 뿐이다."

　때로는 공감하고 또 분노하며 책을 읽다 보면 지루한 무더위도 지나갈 것이다. 우리나라 하늘을 덮은 이 의심스러운 먹구름도 어서 걷히길 빌어 마지않는다.

고
추
농
사
유
감

올해 처음으로 고추 농사를 제대로 지어보았다. 해마다 조금씩 심어 고추장용으로 햇볕에 말리긴 했지만 시장에 내다 팔 요량으로 심은 것은 올해가 처음이었다. 물론 지난겨울에 복숭아나무가 많이 얼어 죽은 탓이었다. 진짜 고추 농사를 많이 하는 사람에게는 댈 것도 아닌 300평 남짓이어도 일은 여간 많은 것이 아니었다. 이제 세 물째를 땄는데 결론부터 말하자면 도무지 말이 안 되는 게 고추 농사였다.

얼마 전, 고추는 붉는데 연일 비가 쏟아져 딸 짬을 못 내다가 잠시 하늘이 걷히기에 네 식구가 일제히 고추밭으로 향했다. 그늘이 많아 웃자란 고춧대는 사람과 키를 다투고 골 사이는 좁아서 그 안을 기어가며 고추를 따는 일은 보통이 아니었다. 나는 허우대와는 달리 오리걸음을 잘 걷지 못하기 때문에 엉덩짝에 깔개를 붙이고

(도시인들은 모르겠지만 실제 그런 농사용 제품이 있다) 악전고투를 벌였다. 습한 날이 계속된 터라 고추에 무름병이 번져 바닥에는 썩은 고추가 즐비했고 거기에서 풍기는 맵고 역한 냄새는 화생방 훈련을 방불케 했다. 한 손으로 포대를 끌면서 다른 손으로 연신 고추를 따다 보면 가끔씩 썩은 고추가 물큰, 하고 잡혀 장갑 낀 손이 온통 붉은 고춧물에 젖어 쓰라렸다.

그런데 고추를 따기 시작한 지 30분도 안 되어 하늘이 자욱해지더니 갑자기 장대 같은 비가 쏟아지기 시작했다. 이미 물을 넘겨 꼭지가 빠지는 고추를 두고 비에 쫓겨 퇴각할 수는 없었다. 그때부터 세 시간여의 고난이 시작되었다. 온몸이 비에 젖고 옷이 들러붙어 발짝 떼기가 힘들어지고, 골 사이는 진창이 되어 연신 미끄러지며, 눈에 빗물이 들어와도 매운 손으로 비빌 수가 없어 쏨벅거리다 보니 눈알이 다 얼얼할 지경이었다. 그뿐인가. 포대는 고추만 해도 무거운데 물까지 차오르니 물에 만 밥이라면 먹기나 좋지, 물에 만 고추는 가끔씩 포대를 기울여 물을 쏟아내야 하는 고역을 더할 뿐이었다. 장대 같은 비에 좁고 미끄덩거리는 골에서 포대를 기울이다 보면 애써 따 넣은 고추가 또 바닥에 흐트러지니 그놈들을 다시 주워 담으면 짜증이 치밀어 고추고 뭐고 다 갈아엎고만 싶은 심정이 되기도 했다.

그렇게 네 식구가 생쥐 꼴을 하고 서너 시간을 딴 고추는 200킬로그램이 조금 넘었다. 그놈을 대형 선풍기가 돌아가는 작업장 안에 쏟아놓고 보니 그래도 수확은 수확인지라 뿌듯한 마음이 들기도 했다. 다시 식구들이 둘러앉아 마른 수건으로 일일이 물기를 닦기 시작했다. 시원찮은 놈들은 제쳐놓고 20킬로그램 아홉 박스가 나왔다. 그 전, 두 물째 네 박스를 땄을 때 박스당 3만 7000원이 나왔던 터라, 얼추 계산해도 30만 원은 넘으리라 싶었다. 그런데 웬걸, 다음 날 농협에 내려온 경매가를 보니 박스당 1만 9000원, 운송비, 경매 수수료, 상하차비, 박스값 따위를 제하면 내 손에 들어오는 돈은 1만 6000원쯤이었다. 연일 비가 내려 사람들이 홍초 구입을 꺼린다는 것이었다. 워낙 점잖지 못한 내 입에서는 온갖 욕이 흘러나왔다. 내 다시 고추 농사를 지으면 키우는 개와 의형제를 맺으리라는 속다짐도 두었다.

실로 어이가 없었다. 남의 트랙터로 로터리 치고 두둑 쌓고 비닐 씌우는 데 들어간 것과 고추 모와 말뚝 산 데 든 돈, 일주일에 한 번씩 쳐대는 비싼 농약값으로 들어간 게 벌써 60만 원 가까웠던 것이다. 그런데 고추를 내어 들어온 돈은 30만 원 남짓이었다. 고추는 앞으로 따봐야 점점 끝물이 되어 집에서 먹을거리나 하면 다행일 것이다.

물론 내 잘못도 있었다. 고추를 만만히 보고 처음 한 달 동안 과수원에 치다가 남은 농약만 뿌려댔던 것이다. 고추 전문 농약을 쳐야만 방제가 되는 것을 모른 탓에 병이 번져 남들만큼 수확을 하진 못했어도 도저히 내 머리로는 계산이 나오지 않는 게 고추 농사다.

들어간 품은 얼마나 많았던가. 비닐을 씌우느라 허리가 휘고 고추밭에 농약을 치자면 그야말로 농약으로 목욕을 하게 된다.

고추 농사에 대들었다가 좋은 경험을 했다. 그리고 깨달음 하나를 얻었으니, 고추란 놈이 참으로 독하고 매운 놈이라는 것이다.

부
끄
러
운
쌀

올해는 초대형 태풍 한두 개가 우리나라에 영향을 줄 거라는 예보
가 나왔다. 바다에 의지해 살거나 나처럼 농사를 짓는 사람들에게
는 두려운 일이 아닐 수 없다. 그런데 속으로 은근히 태풍을 기다
리는 사람들이 있다. 올해도 벼농사가 풍년이라느니, 480만 톤 이
상이 될 거라느니 하며 미리 설레발을 치는 정부 당국자들이다. 이
들의 바람은 태풍으로 논농사가 절단이 나서 한 300만 톤 이하로
내려가는 것일 것이다. 그러면 악몽과도 같은 재고미를 처분할 수
있을 테니 말이다.

　얼마 전에 한 농민이 벼를 생매장하는 광경이 뉴스에 나왔다.
전에도 수확하지 않은 논을 갈아엎거나 나락을 불태우는 투쟁이
있었지만 세상에, 아직 푸른 벼 포기를 세워둔 채 덤프트럭이 들어
와 흙으로 덮어버리는 모습은 참으로 충격이었다. 다시는 논에 벼

를 심지 않겠다는 분노의 결심을 그 농민은 생매장이라는 끔찍한 방식으로 보여주었다.

이제는 늙거나 사회의 소수가 된 농민들 힘으로 온 백성이 먹고도 남을 만큼 쌀을 생산해냈다면 그들이 받아야 할 것은 마땅히 찬사가 되어야 하리라. 그러나 그들에게 돌아온 것은 생산비에도 훨씬 미치지 못하는 수매가와 차디찬 모멸감이었다. 아무리 분노하고 몸부림쳐도 농민의 목소리에는 어느 누구도 귀를 기울이지 않는다. 가난한 농민의 자식이라는 대통령과 국무총리는 제 아비를 죽이던 조선시대의 살부계(殺父契)라도 본받는 것인가. 아니면 식량 주권이라는 허울조차 벗어던지고 농민들이 스스로 말라 죽을 때까지 기다리는 것인가.

사실 곳곳에서 그런 징후가 보이고 있다. 논에 벼를 심지 않으면 큰일 나는 것처럼 관리들이 난리치던 게 불과 10여 년 저쪽인데 지금은 논에 다른 작물을 심으면 오히려 보조금을 지급해준다. 그러나 이미 수입 농산물이 점령해버린 상황에서 그 어떤 작물도 수지 타산이 맞을 리 없다.

농가 소득으로 가계 지출을 맞추는 농가가 전체의 1퍼센트라는 통계가 나왔다. 즉, 나머지 99퍼센트의 농민들은 적자를 보고 있다는 말이다. 정부 말 듣고 이리저리 쏠리다간 값이 폭락해 빚만 늘이기 십상이다. 정부가 하지 말라는 것을 골라서 해야 그나마 낫다. 내 주위에도 정부 돈 받아서 온실이니, 육묘장이니 크게 벌렸다가 가지고 있던 땅마저 경매로 넘어간 경우가 숱하다.

시작하면 끝도 없을 살농(殺農) 정책은 접어두고, 우선 지금 몇 년째 창고에 쌓여서 곧 먹지도 못하게 될 그 많은 쌀을 즉시 이북에 보내야 한다. 그 길 말고는 없다. 물도 흐르고 쌀도 흘러야 한다. 고여 있지 말고 낮은 곳으로 흘러가 누구에게나 삼시 세끼 차려져야 하는 것, 그게 밥이다. 그래서 밥 가지고 장난치면 안 된다. 밥 줄 테니까 넌 뭐 줄래, 하는 것은 장난을 넘어선 잔인함이다.

쌓여 있는 그 쌀은 부끄러운 쌀이다. 비록 농민들이 피땀 흘려 생산해낸 귀한 것이라도 그 쌀은 동포의 굶주림을 외면한 쌀이고, 동포 대신 개돼지의 사료를 만들자고 대통령이 제안한 쌀이다. 두고두고 후손들에게 부끄러운 쌀이다. 훗날 역사를 배우는 학생들이 왜 한쪽이 굶어 죽어가고 있을 때 다른 한쪽은 쌀을 썩히고 있었느냐고 묻는다면 우리는 지하에서라도 너무 부끄럽지 않겠는가.

태풍을 기다리는 사람들은 얼마 전에 이북이 겪은 대홍수에 대해서는 꽤 걱정이 클 것이다. 가뜩이나 좋지 않은 식량 사정이 더 악화된다면 아무리 대결적인 정책을 좋아한다고 하지만 여러 가지 고려를 해야 하기 때문이다. 국제사회에서 이북에 대한 지원이 이어지는 상황이 벌어진다면, 그리고 그 상황에서도 계속 쌀 지원을 거부한다면 그들이 좋아하는 '국격'이 심각하게 훼손될 것이다. 쌀 문제는 다른 해결책이 없고 시간도 없다. 뉴스에 나온 것처럼 이북이 중국에게 100만 톤의 식량을 요청했고, 만에 하나 중국에서 그 반만이라도 지원을 한다면 남북 관계는 돌이킬 수 없는 지경으로 갈 것이다.

저쪽에서 무슨 광폭 정치를 좋아한다고 하니, 이쪽에서는 '광광폭'으로 쌀을 보내자. 그러면 다시 저쪽에서 '광광광폭'으로 나올지도 모르고, 그렇다면 이쪽에서는 광광광……으로, 아, 이것은 나의 꿈이겠지만.

농약 치는 인간

세상에는 두 부류의 인간이 있다. 농약을 치는 인간과 그렇지 않은 인간. 두말할 나위 없이 농약을 치는 인간은 그렇지 않은 인간보다 불행하다. 그런데 어쩌다 나는 농약을 치는 인간이 되었단 말인가……. 이것은 내가 평소에 느끼는 생각은 아니다. 농사를, 그것도 과수원을 하면서 농약을 치지 않기란 거의 불가능하므로 나는 농약을 치는 것에 대해 별 불만은 없다. 다만 안개처럼 퍼지며 끊임없이 내 폐 속으로 들어오는 농약을 마시며 자조하는 소리일 뿐이다. 언젠가 이 농약이 나를 죽음으로 이끌게 되리라는 생각을 하면 씁쓸한 마음이 들기도 한다.

실제로 이웃해 사는 외가 쪽 아주머니 한 분은 채 육십도 되지 않아서 작년에 폐암으로 세상을 떴다. 직장에 다니는 남편을 대신하여 포도 과수원을 하던 아주머니는 갑갑하다며 마스크도 쓰지 않고 농약을 쳤다. 담배를 피우지 않는 여자라도 폐암에 걸리는 일이 있지만 그 아주머니의 병은 농약과 관련되었음이 틀림없다. 아무도 통계를 내지는 않았겠지만 과수원을 하는 농민들의 암 발병률이 다른 농민들보다 높을 것이다. 농민들이 도시인보다 훨씬 더 많이 암에 걸린다는 연구도 있었다. 열악한 보건 환경이 주된 이유겠지만 농약 또한 중요한 이유일 거란 짐작이다.

마스크와 우비로 중무장을 해도 농약 입자를 들이마시지 않을 수는 없다. 그러니 우리 집이 과수원을 시작한 33년 전부터 나는 조금씩 농약을 복용했다고 할 수 있겠다.

내가 초등학교 4학년 때 아버지는 비탈진 자갈밭을 일구어 포도나무를 심었다. 그때만 해도 내가 살던 지역에 과수원이 거의 없어서 나는 포도나무집 아들로 불렸고 어쩐지 그 호칭이 마음에 들었다. 포도가 퍽 귀하던 시절이었다. 포도가 익을 때면 나는 거의 권력자가 되어 또래의 아이들에게 몇 알씩 떼어주곤 했다. 어린 나이에도 포도 과수원을 하며 살림이 나아진다는 것을 알았고 또한 장남이었으므로 농약을 치는 날이면 나는 기꺼이 한몫을 했다.

지금은 구경하고 싶어도 없지만 그때 과수원에 농약을 치던 기계는 순전히 인력으로 작동하는 펌프였다. 지금도 널리 쓰이는, 등에 짊어지고 농약을 살포하는 분무기의 원리와 똑같은 것이다. 다만 과수원에 농약을 치려면 긴 줄이 필요하므로 압력통을 따로 분리하여 한 사람은 노를 젓듯이 계속 압력을 높여주어야 농약대 끝에서 약이 분사되었다.

아버지가 대를 잡고 어머니는 줄을 끌고 나는 바로 그 노를 저어야 했다. 그런데 줄이 길게 나갈수록 압력이 높아져야 제대로 농약이 나오므로 어린 나로서는 거의 죽을힘을 다해 내 키보다도 더 긴 압력대를 앞뒤로 밀고 당겨야 했다. 그 모습은 헬스클럽에서 가슴 근육을 기르기 위해 하는 운동과 비슷했다. 아마 그때도 농약 냄새는 지독했을 테지만 잠시 숨을 돌리기라도 하려면 '농약 안 나온다!' 소리치던 아버지의 호령 때문이었는지 냄새의 기억은 별로 없다.

몇 년이 지나 전기로 모터를 돌리는 기계가 나오며 나의 가슴 운동은 끝났다. 대신 줄을 잡았다. 물론 학교에 가지 않는 주말이나 방학 때뿐이었지만 그때는 과수원이 훨씬 커져 있었기 때문에 줄을 당기는 일도 여간 힘든 게 아니었다. 중간에 줄이 꼬이거나 걸리기라도 하면 농약이 뚝뚝 떨어지는 포도밭을 가로세로 뛰어야 했고 날리는 약을 그대로 마시면서도 딱히 몸에 나쁘다는 생각은 하지 않았다. 아마 먹고사는 일이 건강을 챙기는 것보다 더 다급한 시절이었기 때문이었을 것이다.

이십 대를 멀리서 떠돌다가 서른 살이 되어 다시 과수원을 시작했다. 농약 치는 기계는 놀랍게도 전기 모터를 돌리던 예전 그대로였다. 그놈으로 10여 년을 버텼다. 5000평 가까운 과수원에 200미터짜리 줄을 끌고 다니며 농약을 치던 그 시간은 돌아보기조차 끔찍하다. 마침내 농약 살포기의 혁명이자 최첨단인 SS(Speed Sprayer)기를 장만하게 되었다. 그렇다고 농약 치는 인간의 비애가 끝난 것은 아니었다.

SS기는 얼마 전 인터넷에 이상하게 생긴 자동차라고 검색어 순위 상위에 오른 적도 있는데 겉모양은 애들이 타는 일인용 장난감 차를 좀 크게 만들어놓은 것처럼 보인다. 앞모습은 '꼬마 자동차 붕붕' 과 흡사하지만 가격은 3000만 원이 넘는다. 500리터 용량의 농약 탱크와 열두 개의 분사 노즐, 그리고 강력한 팬이 달려 있고 사람은 승용차처럼 편하게 앉아서 빠른 시간 내에 살포 작업을 할 수 있다.

실로 내 평생에 이런 기계가 나올 줄 몰랐지만 단점이 없는 것도 아니다. 과수원 사이를 돌아다녀야 하니까 크기를 최소화해야 했고 중량은 몹시 무거워 안정감이 떨어진다. 전복의 위험성도 높다. 차체가 둥글게 생겨 전복이 되면 구르기 십상이고 구르게 되면 예외 없이 운전자를 죽음으로 몬다. 운전석이 워낙 좁고 핸들이나 브레이크 따위가 둘러싸고 있어서 비상 탈출이 쉽지 않기 때문이다. 그동안 내가 사는 면내에서만 이 기계가 두 사람을 죽였다.

바람이 불거나 코너를 돌 때면 속수무책으로 농약을 들이마시게 되는 것도 단점이다. 두 발로 뛰어다니며 칠 때는 바람을 등지며 조금이나마 피해볼 여지가 있지만 SS기는 날아오는 대로 마실 수밖에 없다.

그것 말고도 농약을 치면서 느끼는 큰 괴로움이 또 있다. 16년 동안 농사를 지으며 농협에서 가져다 쓴 농약값을 계산해보니, 무려 5000만 원이 넘었다. 땅에 발을 디디고 내 자식들이 흙의 소중함을 알게 하자는 것이 귀농의 가장 큰 목적이었다. 그런데 그 땅 위에 이렇게 많은 농약을 쏟아붓다니!

귀농하기 전, 여러 가지 농사에 대한 정보를 얻으면서 농약을 치지 않는 유기농 과수원이 가능한 줄로 알았다. 땅심을 높이고, 유기물 퇴비를 하고, 천적을 이용하는 등등의 이야기를 듣고 힘들더라도 그렇게 농사를 지어보자고 결심을 했다. 하지만 몇 년 되지 않아 나는 유기농을 포기할 수밖에 없었다. 실제로 불가능했다. 지금도 복숭아나 사과, 배 등을 완전 유기농으로 짓는 곳은 우리나라에 없는 것으로 안다. 그래도 초기에는 농약을 줄여보려고 여러 가지 시도와 노력을 했다. 유황과 보르도액만으로 버티다가 한 해 농사를 망치기도 했고, 목초액이나 현미 식초 따위로 친환경 농약을 만들어보겠다고 골몰했던 적도 있다. 결국 나는 귀농 초기에 가졌던 무농약 농사를 완전히 포기했다. 물론 나의 끈기 없음이 첫 번째 이유이지만 크고 매끈한 과일만 제일로 아는 소비자들 앞에 굶어 죽을 각오를 하기 전에는 어쩔 수 없는 일이었다.

그렇더라도 괴로운 건 괴로운 것이다. 사람과 땅이 조화롭게 살며 먹을거리를 생산하는 일이 그나마 가장 인간적이라는 나의 생각은 양심에 부끄러운 것이 되었다. 차라리 땅이 없고 농사를 짓지 않는다면 4000평이 넘는 땅에 1년에 몇백만 원어치 농약을 쏟아붓는 죄는 저지르지 않을 텐데, 라는 후회가 들기도 한다. 솔직하게 고백하건대, 과수원은 내게 괴로운 곳이다.

어린 시절, 포도나무집 아들이라는 기분 좋은 별명을 내게 안겨준, 소박하고 정겨운 과수원은 더 이상 없다. 대량생산과 규격생산이라는 자본시장의 상품과 마찬가지로 정확하게 나무의 가지를 잘라주고 몇 센티미터 간격으로 열매를 달며 퇴비와 비료의 양, 농약을 뿌리는 시기가 공장의 납품 일정표처럼 정해져 있다. 그것을 정확히 지켜야 우수한 과일을 생산해내고 그렇지 않으면 하층민이 사 먹는 하품을 생산하게 된다. 그러면 경쟁력 없는 농민이 되어 결국 파산하는 수밖에 없다.

오늘 어느 신문이 기사 제목을 '과수 농민들, 올 추석에 빈손'이라고 붙인 것을 보았다. 과수 농사가 흉년인 데다가 태풍 피해까지 겹쳐서 그렇다는 내용이었다. 빈손인 농민들 중에 물론 나도 끼었다. 그래서 올해 내내 비싼 농약을 친 게 더 억울했을까. 아마 그럴 것이다. 그렇다면 내년은, 내후년 추석에는 억울하지 않을까?

아무래도 나는 과수원을 갈아엎어야 할까 보다……

추
석
생
각

무덥던 여름이 언제 끝나나 했더니 어느새 아침저녁으로 제법 찬 기운이 감돈다.

복숭아 농사도 끝나고 올해 처음 달린 사과도 이미 시장에 내었다. 사과 농사는 생판 초보인데 오랫동안 사과를 한 농민들도 올해처럼 값이 좋은 해는 처음이라고들 한다. 그렇다고 제대로 큰돈을 벌었다는 농민은 거의 없다. 유난스레 궂은 날씨 탓에 제대로 열매가 크지 않고 색깔도 나지 않았기 때문이다. 15킬로그램 한 상자에 20만 원의 경매가가 나왔다고 호들갑이지만 그런 것은 전국으로 따져도 얼마 되지 않고 대부분의 농민들은 추석 전에 제대로 수확도 하지 못했다.

복숭아도 날씨 탓에 병이 많고 태풍까지 덮쳐 수확한 것보다 땅에 떨어져 썩힌 것이 더 많았다. 고추 농사는 들어간 비용도 건

지지 못했으니 이래저래 올 농사도 혹시나 했다가 역시나로 끝났다. 그래도 한 해 농사를 거의 마감하고 추석을 맞게 되어 마음은 홀가분하다. 어쨌든 '한가위만 같아라' 라는 말이 있는 것처럼 춥지도 덥지도 않은 날씨에 오곡백과가 익으니 1년 중에 가장 풍성한 때임은 틀림없겠다.

우리 집은 명절이라고 특별히 부산하지 않다. 올 사람이라곤 작은아버지 한 분과 내 동생이 전부인데 작은집은 올해 해외여행을 가서 동생네 세 식구가 함께할 뿐이다. 우리 세 아이까지 아이들이 넷인데 애들도 딱히 명절이라고 좋아하는 것 같지 않다. 시내에서 고등학교에 다니는 큰아이는 추석 바로 뒤에 시험이 있다며 추석날 아침에나 데리러 오라고 한다. 참으로 재미없는 명절이다.

내가 어렸을 때만 해도 그렇지 않았다. 추석이 다가오면 서울 간 동네 형, 누나들이 제각기 가방을 둘러메고 줄줄이 마을로 들어왔다. 양복을 아래위로 빼고 포마드까지 바른 멋쟁이가 되어 고향에 돌아온 그 처녀 총각들은 모습 자체로 서울이라는 도시를 선망하게 만들었다. 지금 생각하면 채 스무 살도 되지 않은, 겨우 중학교를 마치고 무작정 상경한 그들이 갈 곳은 열악한 공장 정도였을 테지만 그들은 큰 출세나 한 듯이 어깨에 힘을 주곤 했다. 나는 그들에게서 듣는 서울 이야기가 어찌나 신기하고 재미있던지, 명절이면 그들이 모이는 마을 사랑에 끼어 앉아 밤이 깊은 줄도 모르고 귀를 쫑긋거렸다. 그리고 그들이 가져온 〈선데이 서울〉 같은 성인

잡지를 몰래 보고는 한없이 상상의 나래를 펴곤 했다.

배를 곯진 않았어도 기름진 것은 귀한 시절이었다. 쌀밥에 떡에 과일 등속을 배부르게 먹는 것도 손꼽아 추석을 기다리는 이유였다. 무엇보다 돼지 잡는 날을 기다렸다. 우리 마을에서는 보통 두어 마리의 돼지를 잡아 여러 집이 나누는 '도로리'라는 것을 했다. 돼지를 잡는 광경은 끔찍하면서도 놓칠 수 없는 구경거리였다. 먼저 해머로 콧잔등이를 쳐서 기절을 시킨 다음, 칼잡이가 목 깊숙이 칼을 찔러 넣는다. 대동맥을 잘라 피가 콸콸 쏟아져 나오면 옆에서 대야에 피를 받는다. 선짓국을 끓이기 위해서다. 한번은 엄청나게 큰 돼지를 잡는데 목이 반쯤 잘려 피를 쏟던 돼지가 벌떡 일어나 마당을 내뛰는 것이었다. 죽은 줄 알았던 돼지가 날뛰니 어른들도 놀라 물러서는 판인데 돼지는 하필이면 뒤에서 구경하고 있던 내게로 달려왔다. 덜렁거리는 목에서 피를 뿜으며 달려오는 돼지에 놀라 그만 그 자리에서 기절을 하고 말았다. 곧 깨어나긴 했지만 그 무서운 광경이 꿈에 나타나 그 후로 나는 돼지 잡는 곳에는 얼씬도 하지 않았다.

추석날 밤이면 무언가에 들린 것처럼 마을과 들판을 쏘다니곤 했다. 잠을 자기엔 너무 달이 밝았으므로 친구들과 어울려 달빛 비치는 남한강가에서 누군가 가져온 막걸리 맛을 본 게 아마 열서너 살 무렵이었던 것 같다. 달빛과 강물과 아련하게 퍼지던 술기운, 우리는 당시 유행하던 조용필의 노래를 고래고래 부르다가 이슬을 맞으며 집으로 돌아왔다.

명절이 지나면 폼 잡고 내려왔던 형들 중에 두엇은 술이 취해 서울 가기 싫다며 눈물바람을 하기도 했다. 그 모습을 보며 세상살이가 결코 쉬운 일이 아님을 조금은 눈치를 챘던 것 같다. 내 기억의 한가위에는 그런 풍성한 이야기가 있었다.

지금은 다만 쓸쓸할 뿐이다. 달은 옛날 그 달이건만.

논
이
떠
나
갔
다

올가을은 유달리 허전하다.

　일찍 찾아온 추위 탓이거나 역시나 올해도 빚 한 푼 끄지 못한 때문이려니 했는데 그게 아니었다. 그동안 15년이나 지어왔던 논농사를 올해부터 짓지 않았기 때문이다. 전 같으면 물 뗀 논에 아침저녁으로 나가 보고 타작할 때를 가늠할 요즘에 나가 볼 논이 없는 것이다.

　작년 이 무렵, 부치고 있던 논 주인으로부터 논이 팔렸다는 통보가 왔다. 원래 논 주인은 같은 마을에 살던 노인이었는데 그분이 죽고 나서 외지에 사는 아들 소유가 된 논이었다. 아들과는 일면식도 없었지만 꼬박꼬박 도조(賭租)를 내며 잘 지어오던 논농사를 하루아침에 떼이니 허탈하기 그지없었다.

　논농사는 타산이 맞지 않는 농사다. 더구나 이미 작년부터 쌀

값이 폭락하기 시작했으므로 논농사를 그만둔다고 해서 경제적으로 별 영향이 있는 것도 아니었다. 하지만 타작을 해서 햇볕에 말린 벼를 가마니에 담아 쌓고 나야 비로소 한 해 농사를 지었다는 뿌듯함이 차오르곤 했다. 그 밑바탕에는 어떤 일이 있어도 내 부모와 새끼들에게 1년 열두 달 쌀밥은 먹일 수 있겠구나, 하는 안도감 같은 게 숨어 있었다. 천재지변이나 변고가 일어나 돈도 금덩이도 쓸모없어지는 사태가 발생한다면 제일로 귀한 게 쌀 아니겠는가. 똥값이 된 쌀일지언정 어쨌든 1년 양식이라 생각하면 마음이 든든했다.

새로 논을 산 사람은 서울 사람이라 했다. 논을 메워서 조경수를 심는다는 소문이더니 웬일로 올해는 그저 벼농사를 지었다. 누가 와서 짓는지 마을 사람도 모르게 논을 삼고 모를 심더니 다른 논들과 다름없이 실하게 농사가 잘되었다. 직불제니 뭐니 시끄러우니까 마을 사람 아닌 누군가에게 맡겨 농사를 지은 것 같았다.

논농사를 지으면 흙의 힘에 감탄하게 된다. 최소한 수십, 수백 년을 한 해도 놀리지 않고 벼만 심는데도 어찌 그리 해마다 실하게 나락이 맺히고 여무는지 신비로울 정도다. 보통 밭농사는 몇 해만 같은 작물을 심어도 연작 피해가 나타나게 마련이다. 그 피해를 막으려면 끊임없이 토양개량제를 뿌리고 거름을 주어야 하고 농약도 자주 쳐야 한다. 그런데 논은 그런 것 없이도 내내 백성들이 먹고도 남을 만큼 쌀을 내주었으니 그 힘으로 결국 우리 민족이 살아온 것이다.

나는 900평 정도 되는 논에서 나오는 소출 대부분을 자급하는 식량으로 썼기 때문에 밑거름과 이삭거름을 조금 주었을 뿐 15년 동안 농약을 딱 두 번밖에 치지 않았는데도 뒤주가 바닥을 드러낸 적은 없다. 그런 의미에서 나는 마땅히 논을 떼인 아쉬움에 앞서 그동안 일용할 양식을 내준 논에게 경배를 드려야 하리라.

최수연이라는 사진작가의 『논-밥 한 그릇의 시원』이라는 사진집에 참여한 적이 있다. 100여 장 되는 사진에 설명을 붙이고 책 앞부분 몇 꼭지를 쓰는 일이었는데 아마 농사를 짓는 글쟁이를 찾다가 내게까지 온 모양이었다. 그런데 나는 사진에 설명을 달다가 몇 번이나 격한 감정에 빠졌다. 전국 각지의 논과 농사짓는 풍경이 담긴 사진이었는데 논을 만들기 위한 수천 년의 손길이 고스란히 배어 있는 사진들이 나도 모르게 무릎을 꿇게 만들었다. 그리고 나중에 나는 썼다. '인간이 만든 가장 위대한 건축물은 바로 논이다'라고.

산비탈에 층층이 이루어진 작은 다랑논인 전국 곳곳의 다락배비, 삿갓으로 덮으면 보이지 않을 정도로 작은 논을 일컫는 괴산의 삿갓논, 흙이 부족한 섬에서 흙의 유실을 막기 위해 논바닥에 돌로 구들을 놓은 청산도의 구들장논, 쟁기질하던 소가 바다로 떨어진다는 남해 바닷가 절벽논 등의 사진을 보며 그것은 차라리 쌀을 얻기 위한 우리 조상들의 위대한 투쟁이었음을 가슴 저리게 알았다.

보잘것없는 야생 벼 한 오라기에서 시작된 기나긴 쌀의 역사를 더 듬으며 내 몸이 곧 밥이라는 말의 뜻을 새삼 깨우치기도 했다.

이제 논이 떠나갔다. 내게서도, 우리의 가슴에서도.

움막이거나 고대광실이거나 하루 세 번 한 그릇 쌀밥으로 올려야 할, 남북과 동서가 평등하게 마주앉은 아름다운 글자, '米' 를 위해 아아, 한잔 술을 올려야겠다.

광
해
루

시골에 살면 모든 게 불편할 것 같지만 매양 그런 것도 아니다. 물론 밤늦게라도 돈 들고 문만 나서면 무엇이든 사거나 즐길 수 있는 도시보다는 못하겠지만, 시골에도 면 소재지라는 게 있어서 때로는 몇 달씩 시내에 나가지 않더라도 큰 불편이 없을 정도다.

내가 사는 마을만 해도 집에서 차로 5분만 가면 면 소재지인데, 농협에서 운영하는 슈퍼에 민간인 슈퍼도 셋이나 되고, 식당도 메뉴별로 10여 군데가 넘는가 하면 교유를 위한 다방, 목을 풀기 위한 노래방, 찜질방, 의원, 약국, 호프집, 철물점, 세탁소 따위가 빼곡히 들어차 있다. 칼국수부터 돈가스, 막걸리에서 양주, 양말짝에서 정장, 그러니까 요람에서 무덤까지 이곳을 벗어나지 않는다 해도 그다지 섭생에 지장이 없다고 할 수 있다. 전국의 모든 면 소재지가 그런 것은 아닐 것이다. 병의원이 있는 면 소재지는 극히 드

물기도 하다. 우리 마을도 내가 이사 온 15년 전에는 거의 아무것
도 없었다. 그러던 것이 면내에 구치소가 들어오고 골프장이 서는
가 하면 터널을 뚫는다, 고속도로를 닦는다 하여 사람들이 몰리더
니 급기야 찜질방까지 생겨났다. 닭을 튀기고 맥주를 파는 호프집
은 네 개나 되는데 어느 날 들렀더니 모든 테이블을 이십 대 아가
씨들이 점령하고 있어 깜짝 놀랐다. 시골에서는 농협 여직원 말고
도무지 볼 수가 없는 게 젊은 여자이기 때문이다. 그 발랄한 아가
씨들은 골프장에서 캐디로 일하는 젊은이들이었다.

면내의 식당 중에 가장 오랜 연륜을 자랑하는 것은 역시 짜장
면집이다. 아무리 보잘것없는 면이라도 반드시 있기 마련인 짜장
면집은 우리 면내에서 가장 먼저 생긴 식당일 것이다. 지금은 세
개가 있는데 오늘은 그중 하나인 광해루 이야기를 하려 한다. 광해
루는 나의 동갑내기 친구인 봉해가 하는 식당이다. 식당 이름은 동
생이자 주방장인 광해의 이름을 땄다.

내 친구는 지금은 오토바이를 타고 논과 밭으로 짜장면을 배달
하지만, 15년 전만 해도 기아자동자 노조의 지도부에 있었다. IMF
때 회사가 절단 나고 또 연이어 부모와 장형이 돌아가시는 바람에
결국 도시 생활을 접고 고향으로 내려온 사내다. 자세히 말은 안
하지만 고향으로 내려온 친구가 겪은 고초는 퍽 심했던 모양이다.
내려와 농사를 지어보니 도무지 타산이 맞지 않았고, 그래서 '형
제반점'이라는 중화식당을 열었는데 뜻밖에 장사가 잘되었다. 한

2년쯤 신나게 면을 뽑고 양파, 단무지를 썰어댔는데 건물주가 재계약을 해주지 않았다. 장사가 잘되는 걸 눈치챈 주인이 직접 자기가 하겠다고 나선 것이다. 졸지에 생활의 터전을 잃은 그는 궁여지책으로 학교 앞의 허름한 문구점을 인수하여 제법 꼴을 갖춘 가게로 만들었으나 전교생 100명도 안 되는 초등학교에서는 최저생계비도 나오지 않았다. 그사이에 애들은 줄줄이 태어나 금메달감이라는 딸 셋을 얻었다. 그로부터 몇 년간 그는 여름이면 길가에서 옥수수를 쪄서 팔기도 하고 참참이 공사판에도 다니는 모양이었다. 가끔씩 만나 술잔을 기울이던 것도 그가 공사판에 다니면서 끊어지고 말았다.

그러더니 올봄, 마침내 그가 귀환했다. '광해루'라는 이름을 달고 두 형제가 다시 뭉쳐 식당을 연 것이었다. 그 사이에 돈을 좀 모았는지 면내에 새로 지은 제일 번듯한 건물의 아래층을 세내어 깔끔하게 단장한 중국식당이었다. 나는 그의 재기와 그 아우가 만드는 맛있는 짜장면을 먹을 수 있다는 생각에 기쁘기 한량없었다. 얼마 후, 윤동수와 김한수 등 몇 명의 소설가가 집에 놀러왔을 때 나는 주저 없이 그들을 데리고 광해루로 갔다. 다들 술꾼이라 우선 양장피 하나를 시켰는데 그 푸짐한 양과 맛에 다들 감탄해 마지않는 것이었다. 오가며 보니 손님들이 꽤 많아 과거의 영광을 이미회복한 듯하다. 충주에서 제천이나 영월 쪽으로 가는 길이 있다면, 그리고 마침 배 속이 출출하다면, 천등산 못미처 큰길가에 있는 광

해루에 들를 일이다. 넉넉한 웃음과 그 뒤에 여전히 사람 사는 세
상에 대한 믿음을 버리지 않은 한 사내가 맛있는 짜장면으로 반겨
줄 것이다.

두 번째 이야기

배우고
때로 익히기

고
모
생
각

어제 막내 고모가 세상을 뜨셨다. 뇌출혈로 쓰러진 지 달포 만이다. 오남매 중에 막내인 고모는 나와 열여섯 살 차이로 올해 예순셋이다. 오는 순서는 있어도 가는 순서는 없다더니 아직 한창 나이인 고모가 제일 먼저 가셨다.

　나는 고모와 각별한 사이였다. 내가 태어났을 때 고모는 중학교를 막 졸업하고 집안일을 돕고 있었으므로 갓 태어난 조카를 돌보는 일도 고모의 몫이었다. 내가 일곱 살이 되어 고모가 시집을 갈 때까지 고모 손에서 유년기를 보낸 셈이었다. 고모의 결혼식 날 어쩐지 슬픈 생각이 들어 끝내 울음을 터뜨렸던 기억이 난다. 그리고 열대여섯 살 때까지 나는 고모를 '아꽈'라고 불렀다. 유년기 때 아직 발음이 나오지 않을 때 불렀던 그 호칭이 굳어져 고모라는 말이 잘 나오지 않았던 것이다.

고모는 갓 돌이 지나서 아버지를 잃었다. 한국전쟁이 터지면서 좌익으로 몰려 피살된 아버지, 그러니까 나에게는 할아버지가 평생 동안 가슴에 맺혀서 살았다. 지난 7월에 그렇게 학살된 민간인들의 혼을 위로하는 합동 위령제가 내가 사는 충주에서 열렸다. 나는 유족회의 총무로 행사를 준비했고 위령제에서 시 한 편을 낭송했다. 시 끝 구절이 "이승에서는 짧았지만/ 저승에서는 오래오래 함께해요/ 서른아홉 살/ 젊었던 내 아버지"였다. 자리에 있던 많은 유족들의 흐느낌이 들려와 나 역시 목이 잠기는데 그 대목에서 쏟아지듯 울음을 토하는 분이 있었다. 앞자리에 있던 막내 고모였다. 그 시는 할아버지의 죽음을 내가 아닌 고모의 관점에서 쓴 거였다. 위령제가 끝나고 아직 눈물이 번진 얼굴로 고모가 내 손을 잡았다.

"여진 애비야, 네 덕에 할아버지가 이제 눈을 감으시겠다. 고맙다."

그러면서 다시 목이 메는 것이었다.

나는 좌익이라는 딱지를 달고 죽어간 아버지를 둔 고모가 살아온 고뇌의 깊이를 다 알지 못한다. 한 치 건너 두 치라고 나는 자식이 아닌 손자니까. 다만 나는 모든 식구가 걱정할 정도로 말없이 우울한 소녀였던 고모가 내가 태어나면서 조금씩 그 우울에서 벗어났다는 이야기를 들은 적이 있다. 그리고 동네의 한 총각이 연애편지를 보낸 적이 있는데 그 편지를 받고 하도 분해서 밤을 꼬박 새우고 다음 날 찾아가 그 앞에서 편지를 박박 찢었다는 이야기도 몇 해 전에 들었다. 그때는 그런 것조차 아버지 없는 자신에 대한 모욕으로 느껴졌단다. 그렇게 성정이 매서웠던 고모도 나만은 끔찍하게 위해주었다.

글을 쓰겠다며 문창과라는 데를 가겠다고 했을 때 반대하는 부모 앞에서 내 편을 들어준 사람도 고모였다. 좋은 글을 쓰라고 격려해준 고모에게 마흔을 넘기고서야 겨우 첫 소설집을 드렸을 때 눈물을 글썽이며 좋아하던 막내 고모. 할아버지의 제삿날에 모두들 쉬쉬하는 할아버지의 이야기를 역사와 근거를 들어가며 전혀 부끄럽지 않고 떳떳한 분이라고 내가 목청을 높일 때마다 말없이 고개를 끄덕이던, 그러면서도 가슴에 얹힌 돌덩이가 내려가는 것 같다고 그윽하게 나를 바라보던 고모, 그 고모가 삶을 내려놓았다.

고모의 부음을 듣는 순간, 이승과 저승 운운했던 위령제 때의 시가 떠올라 가슴이 철렁하는 기분이었다. 말이 씨가 된다고도 하지 않는가. 한 달간이나 의식불명 상태로 지내는 것을 보며 나는 고모가 가시는 편이 낫겠다는 생각을 하기도 했다. 의사 말이 의식이 돌아온다 하더라도 사지를 쓰지 못하고 앞을 볼 수 없을 거라는 진단을 내리고 나서였다. 깔끔하고 매서운 성정의 고모가 그런 자신을 스스로 견디기 어려울 것이란 생각이었다. 그리고 의식이 없는 채로 서서히 혈압이 떨어져 숨을 놓았다고 했다. 사후 세계를 믿지 않는 나로서도 오늘 하루만은 고모가 그곳에서 할아버지를 만날 수 있으면 좋겠다. 할아버지도 제일 먼저 온 막내딸을 만나기나긴 세월, 쌓인 한을 얼마쯤 내려놓으셔도 좋으리라.

　나는 지금 낯선 인천의 한 대학병원 영안실에 앉아 있다. 늦가을, 나무에서 떨어진 잎들은 가는 곳을 모르는데 유명의 갈림길이 애달픈 푸른 하늘이다.

뒤
떨
어
지
다

나는 요즘 텔레비전 리모컨을 다루지 못한다. 두어 달 전에 아내가 휴대폰과 인터넷에 텔레비전까지 모개로 딸려 있는 통신회사에 가입하고 나서부터였다. 그리고 실로 놀라웠다. 그 통신회사에서는 텔레비전 옆에 시커먼 기계 하나를 공짜로 놓아주었는데 이미 지나간 프로그램이나 영화 따위를 마음대로 선택하여 볼 수 있을 뿐 아니라, 중단을 하거나 재미없는 대목은 건너뛸 수도 있었다.

내가 놀란 것은 한 10여 년 전쯤에 그런 얘기를 들은 적이 있었기 때문이다. 언젠가는 텔레비전으로 보고 싶은 걸 골라 보고 영화 따위를 주문하여 각자 맞춤형으로 보는 시대가 올 것이라는 어느 전문가의 얘기였다. 워낙 꿈같은 얘기라 기억에 남기도 했지만 내 살아생전에는 그런 일이 생길 것 같지 않았다. 그런데 그 꿈같은 일이 다름 아닌 우리 집에서 떡하니 실현되었으니 어찌 놀라지 않았겠는가. 아직 그런 서비스를 모르는 강호의 제현(諸賢)들도 많을 것이나, 그래도 IPTV라는 말은 대개 들어보았을 것이다. 귓등으로 듣고 흘린 그 말이 바로 아내가 설치한 그것이었다. 문제는 리모컨이 전에 접하던 그것과는 차원이 다르게 복잡하여 편리함 대신 두려움을 불러일으킨다는 거였다. 몇 번 잘못 눌렀다가 알 수 없는 화면이 연거푸 떠서 낭패를 본 후에는 주로 말로 리모컨을 조종한다. 말을 듣고 누르는 건 아내나 아이들이다.

얼마 전에는 서울 사는 친구가 와서 하룻밤 묵어간 적이 있는데 그 친구가 스마트폰이라는 것을 가지고 있었다. 장만한 지 얼마 되지 않은 듯 친구는 여러 기능이며 장점들을 일러주었지만 나로서는 요령부득일 뿐이었다. 그런데 우리 애들은 자못 신기하고 부러운 눈빛으로 이리저리 조작을 하는데 분명 처음 보는 그 첨단 휴대폰을 제법 능숙하게 다루는 것이었다. 아니, 애들이 혹시 이런 쪽에 천재성을 가지고 있는 거 아닐까, 하고 거의 착각에 빠질 뻔하다 문득 옛날 생각 한 토막이 떠올랐다.

내가 초등학교 6학년 때 서울 사는 이모가 당시 시골에서는 보기 드물었던 카세트플레이어를 선물로 보내왔다. 납작한 모양에 손잡이도 없이 바닥에 눕혀놓고 버튼을 누르면 문이 열리고 그 안에 테이프를 넣어 노래를 듣는, 아마 금성사에서 나온 것이었다. 그런데 기껏해야 삼십 대 후반이던 내 부모는 도무지 그 단순한 기계를 다루지 못했다. 나 역시 처음 보는 물건이었지만 불과 하루도 지나지 않아서 그 축음기를 완전히 정복해내고 말았다. 내 도움을 받지 않고 부모님들이 노래를 틀고 녹음까지 할 수 있게 된 것은 거의 달포나 지나서였다. 그러니까 내가 원래부터 기계치는 아니었다는 말이다.

며칠 전에 와이티엔(YTN)에서 '스마트폰 따라잡기'라는 방송 꼭지를 보았다. 그런데 그 꼭지는 뉴스의 한 부분이 아니라 매일 하는 고정 프로그램이었다. 갖가지 기능을 설명하고 사용법을 알려주는 모양인데 얼마나 사용하기가 어려우면 그런 프로가 다 있을까 싶었다. 몇 년 안에 지금 쓰는 전화기는 다 없어지고 누구나 그놈을 써야 한다는데 그때쯤이면 아예 휴대폰을 없애버려야겠다는 생각이 절로 들었다. 나는 지금 쓰는, 효도폰이라고 불리는 숫자가 큼직큼직한 내 전화기의 기능도 거의 알지 못한다. 전화와 문자를 주고받을 뿐, 사진을 찍을 줄도 벨소리를 바꿀 줄도 모른다.

그런 지경이니 컴퓨터는 더 말할 나위도 없다. 요즘은 가끔 아는 사람 이름으로 '누가 누구에게 친구를 신청하셨습니다'라는 이메일이 가끔 온다. 내가 모르는 무슨 사이버 공간에서 친구가 되자는 말 같은데 클릭을 해서 가보아도 도대체 어떻게 해야 친구가 되는 것인지 알 길이 없어 헛걸음을 할 뿐이었다. 그 메일을 보낸 친구는 내가 무언의 절교를 했다고 오해할 수도 있을 테니 못내 괴로운 일이다. 요즘 너나없이 한다는 트위터라는 것도 무언지 알아보려고 했지만 도무지 내 머리로는 개념조차 잡히지 않아 포기하고 말았다. 무슨 소통이라는데, 낳아서 키운 자식이나 살 붙이고 산 마누라와도 잘 통하지 않아 노상 울근불근하는 처지에 대체 본 적도 없는 사람과 무슨 소통을 한다는 것인지 알 수 없는 노릇이었다. 시대에 뒤떨어져 사는 게 즐겁지는 않지만 군이 따라잡으려 애쓰고 싶지는 않다. 다만 어떻게 해서라도 리모컨은 배워서 스스로 채널을 돌려 보겠다는 결심은 하고 있다.

마
늘
이
야
기

씨앗을 심어서 제일 많은 소출이 나는 농사는 좁쌀 농사다. 작디작은 좁쌀 하나가 수천수만 개 좁쌀이 되니 투입 대비 산출로 따지면 실로 노다지라고 하겠다. 금전으로 치면 100원을 투자하여 100만 원쯤 얻는다고나 할까. 하지만 좁쌀 농사를 지어서 수지가 맞았다는 사람은 없다.

두 번째로 소출이 많은 것이 들깨고 그 뒤로 참깨나 수수, 콩 따위가 뒤를 잇겠다. 모두 다 씨앗 하나가 백배 천배쯤으로 늘어나는 곡식들이다. 반면에 하나를 심어야 겨우 네댓 곱으로 늘어나는, 형편없는 소출을 내는 것도 있다. 바로 마늘이다.

오늘은 햇살에 앉아 씨마늘을 쪼갰다. 한낮이라도 쌀쌀하여 양지를 찾게 되는 요즈음인데, 비닐 멍석을 깔고 앉아 늙으신 부모님과 두어 시간 두런두런 이야기를 나누며 마늘을 쪼개는 시간이 어쩐지 아득한 시절의 어느 날 같은 기분이 들었다.

작년에 처음으로 과수원 사이에 두 접의 마늘을 놓아봤는데 씨알은 별로 굵지 않아도 그 맛이 사 먹는 것에 비할 바 없이 좋았다. 그래서 올해는 아예 1년 먹을 마늘 농사를 짓기로 하고 씨마늘을 아홉 접이나 준비했다. 그래봤자 가을볕 아래 앉아 두어 시간 만에 다 쪼개고 로터리 친 밭에 심기까지 짧은 해도 이울지 않았다.

나는 마늘을 생각하면 늘 이상한 기분에 빠지곤 한다. 예전에 살던 내 고향 마을에선 논에 마늘을 심었다. 마늘은 그 독한 성정만큼이나 까다로워서 아무 땅에나 심으면 자라는 작물이 아니다. 땅에 석회 성분이 많거나 비옥해야 하고 마사토에는 아무리 거름을 많이 주어도 곤자리라는 병이 생겨 마늘이 제대로 앉지 못한다.

내 고향에서는 몇 년에 한 번씩은 남한강이 범람하여 기름진 개흙을 논에 덮어주곤 했다. 그래서 하지 무렵에 마늘을 캐고 늦은 벼를 심어도 나락이 잘 여물었다. 그때는 중국산 농산물이 수입되기 전이라 마늘값이 아주 좋은 편이었다. 지금 기억에 보통 한 접에 칠팔천 원은 했던 것 같은데 벌써 30년 전이니 지금 가치로는 못해도 5만 원은 넘을 것이다. 우리는 300접 정도 씨를 놓아서 1000여 접을 생산하는 보통 수준의 농사를 지었는데 그것이 여러 식구가 살고 학교 월사금도 내는 가장 중요한 수단이었다.

마늘은 다른 농사에 비해 품이 덜 들긴 하는데 씨마늘 300접을 쪼개는 일은 보통이 아니었다. 추석만 쇠고 나면 밤마다 온 식구가 둘러앉아 마늘을 쪼갰다. 낮에는 다른 일이 바빠서 밤에만 흐린 전 등불 밑에서 단단한 육쪽마늘을 쪼개는 것인데 밤마다 그 일을 하다 보면 엄지와 검지 손톱 밑이 쓰리고 아프다가 이내 살이 갈라지고 만다. 그 갈라진 틈에 독한 마늘 즙이 들어가면 정말 눈물이 쏙 빠지도록 쓰리고 아프다. 나는 아직 어린 때여서 손톱 밑이 얼얼하면 그만둘 수 있었지만 부모님들은 그럴 수가 없었다. 온 식구의 호구가 거기에 달려 있었으니 말이다. 그뿐인가. 어머니는 그 쓰린 손으로 양잿물에 담근 빨래를 하고 김치를 버무리고 설거지를 했다. 언젠가 나는 어둑신한 정지에 앉아 눈물을 찍어내던 어머니의 모습을 본 적이 있다. 다른 어떤 이유였을지 모르지만 내게는 그 모습이 씨마늘을 쪼개던 어느 가을날 저녁이었던 것 같다. 지금의 나보다 훨씬 젊었던 삼십 대 중반의 어머니는 갈라진 손톱 밑으로 고추 당초보다 맵다는 시집살이가 쓰라려 울고 있었던 것은 아닐까.

이제 그 부모님이 모두 일흔을 넘기고 쉰을 바라보는 아들과 앉아 아득한 옛날처럼 마늘을 쪼갠다. 햇살에 눈이 부셨을까. 아버지는 내 얼굴을 물끄러미 바라보다가 "어째 이리 늙었느냐?"고 농도 진도 아닌 말 한마디를 건넨다. 나는 서른아홉에 돌아가신 할아버지를 닮았다 한다. 아버지는 내게서 당신의 아버지를 보는가 보다. 손끝이 알알하도록 마늘을 쪼개면서 불현듯 목이 메느니 아, 세월은 이렇게 무서운 것이로구나!

기
쁘
다,
겨
울
이
오
셨
네

방바닥이 잘잘 끓는다. 때 이른 찬바람이 참나무 숲을 울리고 이따
금 문풍지가 떨려도 두 평 반짜리 내 방은 무덤 속처럼 고요하다.
안채와 떨어져 있어 텔레비전 소리도 들리지 않고 인터넷이 연결
되어 있지 않아 호젓하기 이를 데 없다.

　이른 저녁을 먹고 건너와 앉았다가 누웠다가 엎드렸다가 하며
오래된 책을 읽는다. 황지우와 나희덕, 이정록의 시집과 이문구와
한설야, 김원일의 소설들, 츠바이크의 책들을 팔 뻗으면 닿을 거리
에 쌓아두고 대중없는 독서로 밤을 지새운다. 출출할 때를 염려하
여 고구마도 서너 개 불 속에 넣어두었다. 알불은 이미 사그라졌으
니 적당한 온기로 고구마를 품고 있을 것이다. 새벽이나 아침이 올
때까지 그렇게 혼자 놀다가 잠들고 또 아무 때나 일어나면 된다.
이미 나의 행태를 잘 아는 식구들은 깨우거나 밥을 먹으라고 채근

하지 않는다. 미안하고 쑥스러운 일이지만 책 읽고 글 쓴다는 핑계로 겨울 한 철만은 집안에서 일어나는 일체의 대소사에서 벗어난다. 점심참이 지나서 아궁이에 불을 지피고 또 똑같은 밤이 온다……. 이렇게 마음껏 게으름을 부리고 나뉘지 않는 시간을 누리는 호사가 농사꾼의 겨울이다. 고백컨대 겨울 한 철 서너 달의 이 호사가 없다면 나는 결코 농사를 짓지 못할 것이다.

15년 전에 지금 사는 곳에 자리를 잡으면서 전에 있던 방 두 칸짜리 구옥을 허물지 않은 것은 순전히 내 고집 때문이었다. 아궁이를 보는 순간, 저 방은 내 것이라고 쾌재를 불렀다. 나는 어릴 때부터 불을 때고 살았다. 저녁이면 아궁이 앞에 앉아 갈비로 불을 지피고 잔솔가지로 불땀을 낸 다음 장작을 얹는다. 일렁이는 불꽃을 바라보고 있으면 갖가지 상념이 떠오르곤 했다. 이르게 찾아온 사춘기였던 듯, 나는 그 무렵 늘 죽음이라는 걸 생각했다. 타오르다가 이내 사그라져서 재가 되는 짧은 여정과 굴뚝 가득 피어오르는 연기가 승천의 이미지로 다가왔다. 그랬다. 이상하게 굴뚝의 연기를 보면 알 수 없는 슬픔이 가슴 가득 고였다. 아마 그 무렵 세상을 뜬 여동생의 죽음이 불러낸 이미지였을 것이다. 어쨌든 나는 더 이상 자리를 지키지 않아도 되건만 하염없이 장작불을 바라보며 아궁이 앞에 쪼그려 앉아 있었다.

내가 일어나는 것은 피쑥, 피쑥 소리를 내며 무쇠솥이 눈물을 흘리고 쇠죽이 끓어올라 구수한 냄새가 정지 가득 퍼지고 나서였다. 짚과 콩깍지에 당겨를 넣어 끓인 쇠죽을 퍼서 여물통에 쏟아주면 뿌옇게 서린 김 속에 머리를 박고 암소는 뜨거운 쇠죽을 잘도 먹었다. 여물을 씹던 그 소리가 지금도 귓가에 아련하다.

오늘은 메주를 쑤고 무청을 삶느라 아침부터 불을 때서 방이 몹시 뜨겁다. 어렸을 때 조청을 고는 날이면 하도 방이 뜨거워 윗목에 붙어서 자곤 했는데 오늘도 그 정도는 아니지만 엉덩이가 자꾸 들썩거린다. 대개는 과수원에서 나오는 나무들로 불을 때지만 오늘은 뒷산의 참나무 하나를 베었다. 너무 집에 바싹 붙어서 혹시 쓰러지면 지붕을 덮칠 것 같아 진즉부터 잡을 생각을 하고 있던 놈이다. 톱질을 하느라 한참 땀을 빼고 오랜만에 도끼질까지 했는데 도끼질 한 방에 참나무가 그대로 쪼개지는 쾌감을 어찌 말로 표현하랴.

메주를 메주처럼 모양을 내어 넣고 청국장도 아랫목에 묻어 띄우기 시작했으니 김장만 하고 나면 올겨울도 다람쥐처럼 야금야금 양식을 축내며 긴긴 밤을 보낼 일만 남았다. 산밤도 두어 말 주워 모았고 고구마도 쟁여놓아 구진할 때면 살얼음 뜬 동치미에 입맛을 다실 수도 있겠다. 밤이 깊으면 그리운 것들을 떠올리며 홀로 잔을 기울이고, 소피를 보러 나간 하늘에서는 점점이 눈발도 휘날릴 테다. 겨울이 와서 기쁘다. 살아생전 몇 번의 겨울이 더 오려는지.

낙엽은 힘이 세다

사과나무에 잎이 좀 남아 있을 뿐 과수원 나무들은 모두 잎을 떨어뜨렸다. 옆 산 뒷산의 참나무며 낙엽송들도 빈 가지만 남아 겨울잠에 들어갔다. 황량한 모습도 나름대로 정취가 있어 초겨울의 스산함을 더해주니 그다지 나쁠 것은 없다. 다만 가으내 떨어지며 바람에 쓸려 앞뒤 마당에 깔린 낙엽들은 이제는 다만 지저분해 보여서 아무리 게으른 나일지라도 그냥 두고 볼 수가 없다.

과수원 가운데 집이 있다 보니 과수에서 떨어진 잎 말고도 산에서 불려온 낙엽과 마당의 은행나무, 계수나무, 체리나무 따위에서 떨어진 잎들이 섞여, 바람이 몰아간 옴팡한 곳에는 수북하게 낙엽이 무더기 진 곳도 있다. 집 주위 사방이 다 마당이고 들어오는 길도 꽤 길어서 낙엽을 쓰는 일도 보통은 아니다. 지저분한 걸 보다 못해 청소를 했는데 거의 한나절 땀을 빼야 했다. 개울에 갈 때마다 돌들을 주워 오는 못된 버릇이 있는 터라 그동안 주워 나른 돌이 마당 곳곳에 박혀 있어, 돌 틈에 낀 낙엽들을 일일이 손으로 파내느라 더욱 품이 들었다.

그렇게 쓸고 파낸 낙엽을 손수레에 실어 과수원 나무 밑에 쏟아주었다. 당연히 거름이 될까 해서였다. 이미 돼지 똥으로 거름을 낸 위에 그깟 마른 낙엽을 부어준들 무슨 보탬이 될까마는 농사꾼 마음은 그게 아니다. 밭이 아니면 딱히 버릴 곳이 없기도 하지만 말이다. 낙엽을 태우고 싶다는 뜬금없는 낭만 한 자락이 일어나기도 했지만, 바람 센 요즘에 잘못하다가 산으로 옮겨 붙기라도 하면 씻을 수 없는 죄가 될 것이기에 진짜 불을 붙일 엄두는 내지 못했다. 헨리 데이비드 소로도 실수로 불을 내 숲 몇천 평을 태운 적이 있었다고 한다. 그는 책에서 불을 낸 심경을 자세히 밝히지 않았지만 나는 그가 평생 동안 괴로워했으리라고 짐작한다. 글이나 말로 표현하지 못할 정도로.

과수원을 하면서 느끼는 가책 중에 하나는 과일을 매다는 나무들이 불쌍해 보인다는 것이다. 사과든 배든 복숭아든 모든 과수는 사람이 끊임없이 개량하고 접을 붙여서 만들어낸 기형적인 나무들이다. 오로지 사람의 입맛에 맞게 크고 맛있는 과일을 생산해내도록. 어찌 보면 과수들은 공산품을 찍어내는 기계와도 같다. 그 기계가 잘 돌아가도록 거름과 비료를 주고 농약을 쳐야 과일나무는 살 수 있다. 기계에 기름을 치고 전기를 넣어야 작동하듯이 과수 또한 사람이 보살피지 않으면 죽고 만다. 산에서 사는 나무들이 제게서 떨어지는 잎만을 거름으로 삼아 싱싱하게 자라는 것과는 완연하게 다른 종자인 것이다. 자생력이 없는 기형적인 나무에서 얻는 게 바로 우리가 먹는 과일이다.

부끄러운 고백 하나를 덧붙이자면, 오륙 년 전에 나는 주위 산에서 자라는 나무들에게 참으로 못할 짓을 했다. 신문 기사에 나기를 어느 과수 농민이 부엽토를 해마다 거름으로 넣어주어 고품질 과일을 생산한다는 거였다. 생각해보니 돈 드는 일도 아니고 집 주위가 다 산이니 얼마든지 할 수 있는 일이었다. 그해 겨울 내내 앞뒷산의 부엽토를 끌어 날랐다. 여러 해 동안 사람 손이 닿지 않은 산에는 낙엽이 썩은 부엽토가 켜켜이 쌓여 있었다. 조금 깊게 파면 흰 곰팡이 같은 게 피어 있는데 바로 그것이 땅을 기름지게 하는 자연 효모였다. 과수원에 넣을 생각만 부풀어 붉은 흙이 나오도록, 눈이 쌓일 때까지 날마다 박박 부엽토를 긁었는데 결국 산 두 개가 알몸을 드러내고 말았다. 그제야 퍼뜩 나무들에게 못할 짓을 했다는 생각이 드는 것이었다. 누가 산에 사는 참나무며 소나무에게 두엄 한 줌을 줄 것이며 비료 한 사발을 뿌릴 것인가. 오로지 하늘에서 내리는 비와 햇빛으로 제 몸의 잎을 키우고 또 그것을 양분으로 나이테를 키우는 나무들에게 내가 한 짓은 얼마나 끔찍한가.

지금도 여전히 부엽토가 가장 좋은 유기농 거름이라 하여 부엽토를 긁어 오는 농민들이 주위에도 더러 있다. 그러나 그건 할 일이 아니다. 당장 이듬해 장마 때 붉은 토사가 과수원으로 쏟아져 한바탕 난리를 치렀으니까.

낙엽은 힘이 세다.

사
냥

사냥철이 되었다. 총을 들고 사냥개를 대동한 엽사들이 심심치 않게 눈에 띈다. 사냥이 취미인 사람도 많을 테고 농작물에 해를 끼치는 산짐승을 줄이는 효과도 있겠지만 나처럼 산에 둘러싸인 곳에 사는 사람에게는 달가울 리가 없다. 규정은 민가가 가까운 곳에 들어오면 안 된다고 되어 있어도 쫓기는 짐승이 어딘들 가지 못하겠는가. 뒤쫓는 엽사들 또한 일일이 민가를 살펴 발길을 거둘 리가 없다. 인근에서도 산에 올라갔던 농민을 짐승으로 오인하여 쏜 적이 있고 오발 사고로 사냥꾼이 죽은 경우도 있었다. 사냥철이 되면 뒷산이라도 마음대로 나다니기 어려워지는 것이다.

내 경우도 갑자기 산에서 떼 지어 내려온 사냥개들 때문에 아이들이 혼비백산하기도 했고 집에서 기르던 닭 대여섯 마리를 사냥개가 물어 죽이기도 했다. 그러다 보니 집 주위에 사냥꾼이 나타나면 우선 도끼눈을 뜨고 언성을 높이게 된다. 절대 민가 근처에 오면 안 되기 때문에 대개 미안하다며 피해 가지만 때로는 삐딱한 인간들도 있어 주먹다짐 직전까지 간 적도 있다.

산짐승을 일 삼아 취미 삼아 잡는 일은 해보지 않았지만 간혹 먹을 기회가 되면 나는 마다 않고 먹는 편이다. 야생 짐승을 거리 낌 없이 먹는 버릇은 연유가 꽤 길다. 어릴 적에 산에 눈이 쌓이면 뒤란까지 산토끼가 내려오곤 했다. 재빠른 토끼를 아버지는 쉽게 잡곤 했는데 삼각형으로 나누어진 입과 코를 칼로 쨴 다음 머리부터 홀랑 가죽을 벗겨내는 광경을 여러 번 보았다. 다시 보아도 별로 아름답지 않을 그 모습을 입맛을 다시며 지켜보았던 것은 무를 숭덩숭덩 썰어 넣고 끓인 토끼탕이 하도 맛있어서였다. 어느 해 맛본 오소리 고기는 지금도 잊히지 않는 황홀한 맛으로 기억에 남아 있다. 겨울이면 한두 차례 꿩고기도 먹었는데 총이 없던 그 시절에 어떻게 잡았는지는 모르겠다. 아마 '사이나' 라고 부르던 독극물로 잡지 않았을까 싶다.

사냥이라고 이름 붙일 만한 것을 내가 한 것은 참새잡이 정도였다. 햇살 좋은 겨울날이면 흩어진 낟알을 찾아 참새들이 헛간에 내려앉곤 했는데 그때 '덮치기' 로 참새를 잡곤 했다. 싸리나무 같은 가는 나무로 평평한 소쿠리처럼 만들어 작대기를 받쳐 비스듬히 세운 다음 그 밑에 나락을 몇 알 뿌려놓는다. 참새가 고개를 박고 낟알에 정신이 팔려 있을 때 작대기와 연결된 줄을 잡아당겨 참새를 덮치는 것이다. 그래서 이름이 덮치기다. 그렇게 잡은 참새를 불에 구워 소금에 찍어 먹는 게 또한 별미였다. 양으로 치자면 치킨집의 닭 한 쪽도 안 되는 크기지만 고기가 귀했던 시절이라 야문 뼈까지 잘도 씹었다.

근래에 내가 맛본 산짐승은 고라니다. 3년 전, 눈 쌓인 과수원에 핏자국이 있어 따라가 보았더니 밭 가운데에 꽤 큰 고라니 한 마리가 죽은 듯이 쓰러져 있었다. 가까이 가서 보니 숨은 붙어 있었으나 이미 반 너머 삼도내를 건넌 상태였다. 커다란 덫이 다리를 물고 있었고 그 쇠 덫을 끌고 어찌어찌 산에서는 내려왔는데 그만 탈진하여 쓰러진 것이었다. 어찌해야 할지 난감했다. 덫을 놓는 것은 불법이고 게다가 인가에서 가까운 산에 덫을 놓은 자가 괘씸했으나 그렇다고 신고를 할 수도 없었다. 관이라면 면사무소 가는 것도 꺼리는 터에 자청하여 경찰을 불러들인다는 것은 생각조차 할 수 없었다. 고심 끝에 고향 친구에게 전화를 했더니 금세 세 명이 득달같이 달려왔다. 한 친구가 고라니의 코와 입을 막고 잠시 먼 하늘을 바라보는가 싶더니 이내 숨을 거두어들였다. 그리고 목에 칼을 꽂아 피를 받고 의식이라도 치르듯 주발의 피를 나누어 마시는 것이었다. 차마 피를 마시지 못하는 나를 위해 친구는 엉덩짝의 살을 떼어 육회를 만들었다. 소금과 참기름, 배 따위를 넣고 버무린 육회는 기가 막히게 맛있었다. 간은 생으로 먹고 두어 차례 더 고기를 썰어 육회를 무치며 우리는 되들이 소주 두 병을 비웠다. 거의 수렵시대 야만인처럼 생고기를 먹던 그날의 열기가 지금도 생생하다. 다만 살아생전 악업 하나를 더한 것 같아 겨울밤이면 가끔씩 그 순한 짐승의 눈이 떠오르곤 한다. 두 번 다시 해서는 안될 야만이었다.

가
출

해마다 한두 달씩 집을 나와 버릇한 게 벌써 4년째다. 일종의 가출인데 여러 번 거듭되다 보니 겨울이면 좀이 쑤셔서 어디 갈 데 없을까 하고 여기저기 알아보게 된다. 올해는 마침 백담사 만해마을에 방이 나서 며칠 전부터 강원도 인제에 머무르고 있다.

예전에 기업들을 상대로 무려 1조 원의 삥을 뜯고서도 수중에 남은 게 29만 원밖에 없다는 말로 백성들에게 웃음을 준 이가 있던 바로 그 절이다. 일반인들에게는 그가 머물던 절로 더 많이 알려졌지만 백담사는 만해 한용운이 출가한 절이자 그 유명한 「님의 침묵」을 쓴 곳이기도 하다. 그를 기려서 백담사 아랫마을인 용대리에 만해마을을 조성했는데 그 안에 문인들을 위한 집필실이 있어 1년 내내 문인들이 번갈아 머물고 있다. 공짜로 먹여주고 재워주는 시설 또한 좋아 들어오려는 경쟁이 치열한 편인데 운 좋게 나한테까지 차례가 돌아온 것이다. 물론 첫날 만해마을 기념관에, 웬 〈조선일보〉 방응모 전 사장의 사진이 도배되어 있는 걸 보고 속으로 몇 마디 욕지거리를 뱉기는 했다.

마흔 넘은 가장이 몇 달씩 집을 비운다는 게 쉽지는 않은 일이다. 농사가 없는 겨울이라도 집안 대소사가 끊이지 않고, 연말이라서 오라는 곳, 가야 할 데도 적지 않다. 모든 것을 팽개치고 집을 떠나올 수 있는 핑계는 물론 소설을 쓴다는 것이지만 한편에는 번잡한 가정과 사회를 잠시라도 떠나고 싶다는 마음 때문이기도 하다.

나는 다른 사람들에 비해 모임이 별로 없는 편이다. 우리 사회가 가진 큰 폐해 중 하나가 학연과 지연, 혈연이라는 끈으로 엮여 서로 밀어주거나 다른 사람을 배제하는 일이라고 생각하여 그 세 가지가 얽힌 곳, 그러니까 학교 동창회, 향우회, 종친회 따위에 일절 발길을 하지 않기로 작심을 한 탓이었다. 모임이라는 게 대개 그 세 가지에 기대서 만들어지는 터라 남들보다 모임이 없는 것이 당연했다. 그래도 몇몇 사회단체나 문학 동인에 이름을 걸어두고 있어서 하루에도 몇 번씩 송년회를 한다는 문자가 들어온다. 우리는 아무래도 너무 많은 관계를 맺고 살아가는 것 같다. 때로는 관계를 떠나 홀로 침잠하는 시간이 누구에게나 필요하지 않을까.

4년 전, 처음 집을 나가서 지낸 곳이 여수의 바닷가 빈집이었다. 아는 이 하나 없고 이웃조차도 없는 그 집에서 한 달여를 혼자

지내며 여러 소중한 경험을 했다. 사람이 없어 대화를 하지 못하니까 처음에는 답답하더니 점차 내가 너무 많은 말을 하고 살아왔구나 하는 반성을 하게 되었다. 침묵 속에 지내다 보면 자연히 생각을 깊이 할 수 있고 늘 보는 자연이나 사물도 더욱 각별하게 다가오게 된다. 깨달음을 구하는 승려들이 묵언으로 수행하는 뜻도 어렴풋이 짐작할 수 있었다.

때로는 사무치게 외로워 밤을 꼬박 지새운 날도 여러 번이었으나 그 또한 평상시에는 경험하기 어려운 것이었다. 우리는 외롭거나 고독한 감정을 느낄 새도 없이 살아가고 있지는 않은가. 텔레비전과 인터넷이 도무지 외로울 틈을 주지 않는다. 중학교 3학년인 딸아이와 이야기하다가 깜짝 놀란 적이 있다. 외롭다거나 쓸쓸하다는 감정을 이해하지 못하는 것이었다. 한창 사춘기인 그 나이에, 가장 감정이 풍부할 시기에 그런 감정을 느끼지 못한다는 사실은 내게 굉장히 충격적이었다. 너는 예술 쪽으로 갈 생각은 아예 말라고 웃으며 넘겼지만 세태가 변하면서 심성조차 바뀌는가 싶어 아연한 기분이었다. 지금 있는 곳은 방마다 텔레비전과 인터넷이 연결되어 있지만 전에 있던 여수나 마라도 등에는 그런 게 없었다. 그때 나는 처음으로 아이들에게 종이에 눌러쓴 편지를 십 리나 걸어가 우체통에 넣기도 했다. 아빠가 쓴 편지를 아이들은 지금도 간직하고 있다. 이메일로 보냈더라면 진즉에 지워졌을 것이다.

매서운 바람이 창을 흔들고 하늘엔 별빛이 쏟아질 듯하다. 새벽 3시, 나뉘지 않는 긴 시간이 풍성한 선물처럼 내 앞에 있다. 날이 밝을 때까지 책을 읽던 글을 쓰던 마음대로다. 이런 호사를 누릴 수 있는 사람이 얼마나 되랴 싶어 글 쓰는 손이 부끄럽기도 하지만 나는 겨울 한 철의 가출을 포기할 수 없을 것 같다. 생각건대, 누구나 두어 달쯤 가출이 허용되는 사회가 된다면 훨씬 더 살 만한 세상이 되지 않을까.

새
해
에
비
는
소
원

만해마을에 자못 활기가 넘친다. 내내 작가들 대여섯이 각자 방에 두더지처럼 들어앉아 적막하기가 절간 같았는데 얼마 전에 초등 학생들이 무려 200여 명이나 들어온 덕분이다. 서울 강남에서 온 아이들이라는데 아침저녁으로 지저귀는 소리가 새소리처럼 듣기 좋다. 새소리 같단 말은 내가 새소리를 알아듣지 못하듯이 아이들 의 얘기도 알아듣지 못해서인데 애들이 지저귀는 소리가 모두 영 어인 까닭이다. 초등학교 이삼 학년에서 고학년까지 다양한 아이 들이 모두 영어로 인사를 주고받고 대화를 하는데 가끔 길게 얘기 할 때면 한국어가 섞이기도 한다.

아이들은 잠만 여기서 자고 아침 7시쯤 일어나 어디론가 갔다 가 또 저녁 7시쯤에 돌아온다. 그 어디가 바로 영어캠프란다. 무려 12박 13일 일정이고 그 안에 성탄절과 연말연시가 끼어 있다. 그

즈음은 대개 가족들이 함께 보내는 시간인데 실로 대단한 영어 열풍이라 하지 않을 수 없다. 영어캠프라는 데가 무얼 하는 곳인지 알 길은 없으나 숙소에서도 영어만 쓰는 걸로 보아 그곳은 아마 미국의 어느 거리쯤을 통째로 옮겨다 놓은 곳이 아닐까 싶다. 거리뿐 아니라 사람도 여럿 수입해 놓았을 것이다.

영어캠프는커녕 학원도 보내지 않고 애들을 키우는 나로서는 무능한 애비라는 자괴감이 들기도 하지만 그렇다고 여기 온 아이들이 모두 행복해 보이지는 않는다. 밤늦게 복도에 나와 우는 아이도 있었다. 처음으로 집을 떠나온 듯, 엄마가 보고 싶고 집이 그리워 잠도 오지 않아 무섭다고 했다. 서울내기들은 불만 끄면 깜깜절벽이자 적막강산인 이곳이 낯설었을 것이다. 열흘 넘게 집을 떠나 영어를 배우는 어린애들이 애처롭기도 했다.

영어를 잘하는 것이 신분을 상징하는 잣대가 된 것은 벌써 오래전이다. 어쩌면 혀 꼬부라진 소리로 '동포 여러분'을 되뇌던 이승만을 초대 대통령으로 내세운 대한민국의 출발부터 영어는 경외의 언어가 되었을 것이다. 맥아더나 처칠 같은 자들을 높이 우러러 보아야 할 세계의 영웅으로 알고 지낸 세월이 물경 수십 년이었다. 오랜 세월 우리에게 미국은 부와 자유가 넘치는 꿈의 나라였고 민주주의의 수호자였고 할 수만 있으면 그 나라의 시민으로 살고 싶은 욕망을 부추기는 나라였다.

미국이 가진 역사의 긍정적인 측면을 폄하할 의도는 없다. 많은 한계에도 불구하고 그들이 밟아온 보편적인 민주주의의 역사가 있기 때문이다. 꽤나 감동적인 장면도 있는 미국 역사 전체를 매도의 대상으로 삼는 것도 옳지 않다는 생각이다. 그러나 또한 너무도 분명하게 미국은 몰락의 길로 들어선 나라다. 이것은 가치의 문제가 아니라 제국을 이루었던 모든 나라의 운명이다. 로마와 포르투갈과 영국이 겪었던 흥망성쇠를 미국 역시 비켜갈 수는 없다.

점심을 먹으면서 어느 시인이 "쟤들은 왜 망해가는 나라의 말을 배우려고 저렇게 난리야?" 하고 한마디 했다. 약간은 농처럼 던진 말이었지만, 나는 그 시인의 직관에 크게 머리를 끄덕였다. 좋은 시인은 예언자적 직관을 본능적으로 내면에 가지고 있는 법이다. 나 역시 몇 년 전에 일어났던 쌍둥이 빌딩 붕괴를 보면서 미국의 몰락이 시작되었다고 속 깜냥을 했던 터였다. 미국을 상징하는 거대한 두 개의 건물이 무너지는 충격적인 장면은 그 자체로 중대한 징조였다. 그러더니 며칠 전, 저명한 한 미국 교수가 15년 안에 미국이 완전히 몰락할 것이라는 전망을 내놓았다. 내용을 보니 상당히 합리적이고 과학적이다.

그렇다면 나도 새해 소망 하나가 생긴 셈이다. 그동안 등한했던 건강을 돌봐 15년 정도는 더 살아야겠다는 것이다. 세계를 휘젓던 제국이 망하는 모습을 본다는 것은 얼마나 짜릿한 일인가. 물론 제국의 막바지에 자멸적 발악을 하는 것은 역사 속에서 흔히 보는 것이지만, 그렇다 해도 내 생애에서 그 모양을 본다는 것은 일종의 축복이 아닐까. 그래서 새해 내 결심은 '건강을 돌보자!' 이다. 영어 열풍에 휩싸인 이 땅의 아이들에게는 미안한 일일지도 모르겠지만.

축생지옥도

짐승들이 울부짖는 소리가 온 나라에 가득하다.

전국에서 하루에도 몇만 마리씩 가축들이 죽어가고 있다. 어쩌다 이런 기막힌 일이 일어나게 되었는지 끔찍하고 한심하다. 이미 수백만 마리가 도살되었다고 하니 그 숫자도 놀랍거니와 이것은 절대 답이 아니라는 생각이 절로 든다. 병에 걸렸거나 걸릴 가능성이 있는 가축은 모두 살처분한다는 사고의 밑바탕에는 동물들을 공장식 대량생산 체제로 키워온 저간의 사정에 있다. 컨베이어 벨트에서 불량품이 나오면 폐기 처분하듯이 가축에게도 똑같은 기준을 적용하는 셈이다. 그런데 가축을 그렇게 대하는 것이 올바른 일일까?

나는 이번 사태가 예견된 것이었고 인간에 대한 가축의 저항일지도 모른다는 생각을 한다. 내가 사는 주위에도 소나 돼지를 키우는 농가가 여럿이고 특히 대량으로 돼지를 키우는 농장 근처에 가면 코를 내두를 정도로 악취가 심하다. 다 그런 건 아니겠지만 돼지들은 대부분 제가 싼 똥통 속에 들어앉아 있다. 그 배설물은 또 어떤가. 영양 성분만이 표시된 사료의 내용물은 우리가 상상할 수 없는 온갖 것들을 분쇄하여 만든다. 그중에는 돼지의 부산물, 심지어 배설물까지 포함된다. 내장이 사료로 들어가고 내장 속의 배설물 역시 함께 들어가는 것이다. 미국에서는 로드킬로 죽은 야생 짐승의 사체 역시 사료공장으로 들어간다. 우리나라의 돼지들이 먹는 사료는 거의 다 그렇게 미국에서 만들어진 것들이다. 소에게 소 내장을 먹여 세계적인 광우병 공포를 낳았던 탓에 소 사료에는 동물성 재료가 들어가지 않는다고 하지만 잡식성인 돼지의 사료에는 여전히 온갖 짐승의 부산물이 원료가 된다.

그런 사료를 먹이며 더럽고 좁은 축사에 갇혀 살만 찌우다 보니 당연히 스트레스가 쌓이고 쉽게 병이 든다. 그것을 막는 길은 재빨리 살을 찌우는 성장촉진제와 엄청난 항생제의 투여. 당연히 가축들의 배설물에는 항생제가 남아 있고 제대로 살균 처리되지 않은 배설물은 우리의 물과 공기를 오염시킬 뿐만 아니라 논과 밭, 과수원 등지에 거름으로 뿌려진다. 우리나라의 소, 돼지는 약 1400만 마리라고 한다. 그런데 소나 돼지는 사람보다 몇 배나 더 많이 먹고 많이 싼다. 닭이나 오리를 제외하고라도 그 배설물의 양은 상상을 초월한다. 눈에 보이지 않아서 그렇지, 온 나라가 가축들의 배설물로 뒤덮였다고 해도 과언이 아니다. 항생제에 의해 내성이 강해진 바이러스들이 어떤 모습으로 우리를 습격할지 모르는 위험 상태인 것이다.

옛날 시골에서 몇 마리씩 키우던 가축은 문제가 없었다. 항생제를 투여하지 않아도 바이러스가 창궐하는 예는 드물었고 풀이나 볏짚, 밥찌끼를 먹고 싼 배설물은 양질의 거름으로 다시 곡식을 키웠다. 암내를 내면 마을의 실한 황소나 수퇘지를 몰고 와 흘레를 붙였다. 지금은 어떤가? 소위 우수한 유전자를 가진 종우(種牛), 종돈(種豚)이 수천, 수만 마리의 아비가 된다. 즉, 일정한 유전자가 계속하여 번식하면서 종 다양성이 심각하게 훼손되는 것이다. 나는 전문가가 아니라서 잘 모르겠지만 근친 간에 결혼하게 되면 여러 문제가 생기는 것처럼 가축들 역시 더 병에 취약해졌을 것이라 생각한다.

이 모든 것이 공장식 동물농장에서 비롯된 것이다. 인간이라면 단 며칠도 견딜 수 없는 공간에 동물들을 가둔 채 하루에 몇 킬로그램씩 몸무게가 늘고 지방의 분포도는 어떤지 초음파로 측정하며 키우는 것이 공장이 아니고 무언가. 그런 곳에서 늘 인간에게 이로운 젖과 우유를 생산해낸다면 오히려 그것이 이상한 일이다.

글을 쓰는 이 순간에도 땅에 묻히는 가축들의 비명 소리가 들려오는 듯하다. 소는 그나마 근육이완제를 놓아 말 그대로 살처분을 하는 모양인데 돼지들은 대다수가 생매장을 당한다고 한다. 돼지는 죽일(?) 방법이 마땅치 않다고 한다. 놀랍고 끔찍한 일이다. 우리가 살아가는 이 사회가 이토록 허약하고 잔인한 곳이었던가. 무책임한 글쟁이로서 무책임한 한마디만 떠오를 뿐이다. '더 이상 죽이지 마라! 제발 산 채로 구덩이에 내던지는 짓만은 당장 멈추어라!'

슬픈 해적들

세상에는 황당한 일들이 많기도 하다. 재벌들에게 수십조 원의 세금을 깎아준 자들이 재벌들 자식에게 먹이는 점심값 5만 원이 아깝다고 게거품을 무는 꼴이나, 수백만 마리의 동물을 학살한 후에야 겨우 잘못 판단한 것 같다는 한마디를 던지는 따위들이 그렇다.

국제적으로도 황당한 일들이 숱한데 내가 예전부터 풀지 못한 수수께끼 중 하나는 일본이나 영국 같은 나라에서 무슨 왕실을 두고 모시는 것이다. 애들 장난이라기엔 지나치게 진지해 보이고, 어른들이 하기엔 도무지 장난 같은 짓이라 아니할 수 없다. 세상에, 누가 누구의 왕이란 말인가, 이 대명천지에.

이번에 황당함 하나를 더했으니 방송과 신문을 연일 도배하는 소말리아의 해적이다. 몇 해 전에 처음 그 이름을 들었을 때 나는 그것이 영화 〈캐리비안의 해적〉의 속편 제목인 줄 알았다. 소말리

아라는 나라가 원체 크고 아프리카에서 제일 긴 해안선을 가지고 있으며, 오래전부터 유럽의 해적선(저들 말로는 상선, 혹은 군함)이 출몰하던 지역이었으니 영화의 배경으로 손색이 없겠다 싶었는데 그게 아니었다. 진짜 해적이라는 것이다. 대체 21세기에 해적이란 직종이 되살아났다는 게 믿기지 않았다.

서양 풍속이었으나 시나브로 꼴같잖은 인총들 사이에서 안 하면 뒤처진다는 풍습 하나가 도읍 남쪽에 생겨났다고 들었는데, 이름하여 할로윈 데이라고 한다. 자세한 내막은 알지 못하되 시월 마지막 날에 애 어른들이 변장, 분장하는 막장 놀이인 줄로 안다. 그 변장에 여자로는 검은 옷에 빗자루를 든 서양 마녀가 으뜸이고 남자로는 다름 아닌 해적 분장을 제일로 친단다. 이는 서양 것들이 청산한 지 별로 오래지 않은 해적의 기억이 너무도 달콤하여 그런 것인데, 대중없이 그따위 변장을 따라한다니 참으로 개탄하지 않을 수 없다. 우리 역사에는 저 멀리 삼국시대에 가끔 일본 해안을 노략하던 신라구라는 해적이 있었을 뿐 이후에는 사라진 직종이다. 그 또한 왜구라는 해적에 당한 보복 성격이 짙었다.

그건 그렇고, 소말리아라는 나라에서는 해적이란 직업이 여전히 최저생계비 정도를 보장하는 직장이란 말인가. 더구나 그 나라가 아프리카에 있는 숱한 나라 중에도 몰락할 대로 몰락하여 아예 결딴이 나다시피 된 나라임을 아는데, 강병을 거느린 부국의 상선을 노략할 무슨 힘이 있단 말인가. 의문이 아닐 수 없었다. 해적질이라면 테러나 마찬가지인데 테러라는 말만 들어도 경기를 일으키는 전 세계를 상대로 감히 그런 짓을 할 발상을 하다니, 잭 스패로우가 살아 와도 가당찮은 일이었다.

그런데 이들 해적의 꼬락서니를 보니 아니나 다를까, 비썩 마른 몸에 구명조끼는커녕 눈만 퀭한 데다 해적선이라는 게 우리네 거룻배에 모터만 단 수준이었다. 지닌 무기는 제 나라에서 만들었을 리 없고 미국이나 러시아제라고 한다. 서로 죽고 죽이는 참혹한 내전을 겪고 숱한 군벌로 나뉘어 싸우는 동안 무기상들은 신나게 무기를 팔아먹었단다. 육지에서는 도무지 먹을 게 없고 바다에 나와도 현대식 어로 장비를 갖춘 다른 나라 원양어선이 몰려와 고기를 싹쓸이해 간다고 한다. 정부도 군대도 없는 나라가 제 나라 경제수역을 지킬 일도 없으니 남 좋은 일만 시키고 결국 어디에서도 살길이 없던 자들이 해적단을 결성하게 되었나 보다. 말하자면 생계형 테러리스트들이다. 반미가 아닌 생계형 테러리스트라 아직 봐주고 있는지도 모르겠다. 그래도 그 작은 배로 엄청난 크기의 배를 나포하는 것을 보면 전투력 하나는 괜찮은 모양이다. 우리나라의 자랑스러운 해병들이 했던 작전과 거의 똑같이 몰래 가까이 가서 사다리를 걸고 올라가 단숨에 제압하는 방식이란다.

어쨌든 참으로 황당한 세상이다. 〈캐리비안의 해적〉을 보고 혹시나 멋진 해적을 꿈꾸었던 어린이들에게는 일찌감치 꿈을 접게 하는 사건이기도 하고.

전정(剪定)을 하며

길기만 하던 한파가 세밑부터 잠시 주춤하여 곧바로 전정가위를 찾아 들고 사과나무에 매달렸다. 흔히 과수의 가지를 솎아주는 일을 전지(剪枝)라고 하는데 그것은 일본어에서 온 말이고 전정 혹은 가지치기라고 해야 옳다.

날씨만 그리 춥지 않았다면 진즉에 사과나무 전정을 시작했을 터라 잠시 포근해진 틈을 놓칠 수 없어 명절은 뒷전이었다. 과수원에는 그저 눈이 녹지 않아서 발이 시리고 미끄러웠다. 그래도 오랜만에 나무들을 만지고 다듬는 일은 꽤나 상쾌한 일이기도 했다.

우리나라 과수원은 거의 예외 없이 전정을 한다. 보통 여름과 겨울 두 차례 하는데, 여름에는 웃자란 가지를 쳐주고 겨울에는 나무의 크기에 맞게 매달 과일을 어림하여 잎과 과일이 적당한 비율로 나오도록 가지를 잘라준다. 그런데 나무라는 게 기계가 아닌 연유로 농가마다 전정하는 방식이 다르고 전문 책자를 보아도 막상 갖가지 모양으로 자란 나무에 일률적으로 적용하기도 어렵다. 처음 과수원을 시작했을 때 제일 어려운 일이 바로 전정이었다. 선도 농가를 수없이 찾아다니고 영농 교육을 받아가며 많은 시행착오를 거친 후에야 비로소 조금씩 나무를 보는 눈이 생겼다.

과수원에서 자라는 나무는 자연 상태에서 자라는 나무와 큰 차이가 있다. 자연 상태에서는 절대 있을 수 없는 성장을 하는데, 그것을 영양생장이라고 한다. 영양생장을 하는 이유는 바로 전정과 과도한 거름 때문이다. 반대말은 생식생장인데 자연스러운 나무의 성장이다. 동물과 식물을 불문하고 살아가는 가장 큰 이유는 후손을 만들기 위한 것, 곧 생식을 계속하는 것이다.

그것이 지구를 유지시키는 원천적인 힘이므로 생식이 가능한 시기가 되면 곧바로 생식에 온 힘을 다해 매달리게 된다. 미래는 늘 불확실하므로 최대한 빨리 후손을 남기고자 하기 때문이다. 그런데 과수원에서 자라는 나무는 거름과 비료에 길들여져 스스로 영원히 살 것 같은 착각에 빠진다. 더구나 수백 개의 가지로 분산될 영양이 전정으로 말미암아 십분지 일 정도에 집중되니까 도무지 제힘을 주체할 수가 없다.

'이 기운이면 백년 천년도 살 것 같은데 내가 왜 후손을 남겨야 하지?'

마침내 이런 의문이 든 과수는 과일을 매달지 않기로 결심한다. 그래서 과일에 신경을 쓰지 않고 내년에 피울 꽃눈조차 만들지 않는다. 나무의 억센 힘이 뿜어 올리는 것은 도장지라고 불리는 웃자란 가지뿐이다.

이건 절대 농담이 아니다. 실제로 많은 과수 농가가 나무의 영양생장으로 골머리를 앓고 있다. 영양생장을 막는 길은 거름을 적게 내고 가지를 치지 않는 방법인데, 그러면 소비자가 원하는 커다란 과일이 나오지 않는다. 그래서 생식생장과 영양생장을 동시에 하도록 하는 방법으로 되도록 전정을 적게 하여 영양을 분산시키되 나중에 과일을 많이 솎아내는 방식을 쓴다. 즉, 과수로 하여금 헷갈리게 만들어서 과일에 집중적으로 힘을 쓰게(그러니까, 후손을 남기는 쪽으로) 하는 것이다. 과일이 좀 늦되다 싶으면 나무 밑의 껍질 일부를 도려내기도 한다. 나무에 위협을 가해 빨리 과일에 신경을 쓰게 만드는 것이다.

머리로는 알아도 적당한 전정을 하기가 말처럼 쉬운 건 아니다. 저울로 달고 자로 재서 할 수 있는 일이 아니므로, 짐작과 감각과 나무와의 교감까지도 필요하다. 전정을 하면서 보니 역시 작년에 영양생장을 한 나무들은 예외 없이 꽃눈이 부실하다. 오히려 비실비실 죽어가는 나무들이 꽃눈을 다닥다닥 매달았다. 어떡하든 죽기 전에 씨를 남기려는 가상한 노력이다.

질병과 기아로 짧은 삶을 마감하는 아프리카 사람들이 후손을 많이 낳고, 잘사는 선진국에서 출산을 기피하는 것 또한 이와 다르

지 않다. 여럿을 낳아야 한둘이라도 건질 수 있으리라는 슬픈 본능
과 아무 불안 없이 행복한 날이 천년만년 계속될 것 같은 착각이
지구라는 과수원에 함께 살고 있다.

오호라, 여기에는 대체 어떤 톱과 가위를 들이대야 하려나.

애
수

가끔씩 이메일로 친구를 맺자는 연락이 오곤 한다. 세상 사람들 태반이 한다는 페이스북이라는 것인데 나는 아직 그런 데 익숙하지 않아 제대로 친구가 되어주지 못하고 있다. 그래서 나와 친구 되기를 희망했던 분들에게 퍽이나 미안한 생각을 가지고 있음을 이 기회에 밝히고 싶다.

그런데 어제 페이스북을 통해 10여 년 넘게 연락이 끊겨졌던 한 친구가 연락을 해왔다. 그의 이름을 보는 순간 반가움과 함께 긴 세월 너머 어느 때로 아련해지는 마음을 어쩔 수 없었다.

서른 즈음이었다. 또래의 사내 셋이 텅 빈 사막을 달리고 있었다. 전날, 새벽까지 술을 마시다가 누군가 데스 밸리(Death Valley)를 가자고 했다. 죽음의 계곡, 아마 그 말에 취해 나머지 둘이 고개를 끄덕였고 아침에 일어나자마자 술도 덜 깬 채 차에 몸을 실었을 것이다. LA였고 우리는 술가게에서 테킬라를 두어 병 산 다음 한국 식품점에 들러 포장된 갓김치 한 봉을 챙겼다. 아침으로 김밥 한 줄씩을 먹었던가, 아마 그랬던 것 같다.

1990년대 중반이었고 비슷한 고민과 열정으로 이십 대를 지나 온 우리들은 도무지 헤어 나올 수 없을 것 같은 무력감에 빠져 있 었다. 이제는 낡은 이야기가 되어버렸지만, 세계의 한 축이 무너진 충격은 우리에게 깊은 내면의 상처를 입혔다. 처음 몇 년 동안 자 기위안적인 말로 서로를 북돋우며 견디다가 결국 우리는 할 말이 없어졌다. 폭음과 세상에 대한 저주 따위가 우리를 간신히 이어주 던 때였다.

모하비 사막이었다. 곧게 뻗은 도로는 그 옛날, 중국인 이민 노 동자들 수백 명이 죽어가며 닦은 길이라고 했다. 길도 없던 그 훨 씬 전에는 아메리카 원주민들이 백인들에게 끌려가다가 떼죽음을 당한 데스 밸리로 이어진 길이었다.

드물게 서 있던 선인장도 점점 보이지 않더니 땡볕과 모래뿐인 사막이 끝없이 이어졌다. 우리는 마치 발악이라도 하듯이 차를 세 우고 그 뜨거운 모래 위에 앉아 테킬라를 마셨다. 40도가 넘는 불 볕 아래 알코올 40도짜리 테킬라를 마셔대며 우리는 여수 돌산에 서 키웠다는 갓김치를 우적우적 씹었다. 술기운이 베푸는 흥에 취 해 정신없이 웃고 떠들다가 또 한참씩 말이 끊기곤 했다. 가끔씩 지나가는 차에 탄 이국 젊은이들이 엄지손가락을 치켜들며 소리를 지르기도 했다. 거의 명정에 이르러 머리카락이 타들어가는 느낌도 잦아들 무렵, 우리는 엄청난 습격을 받았다. 갑자기 몰려든 사막 파리들이었다. 요란한 날갯짓 소리와 강철 같은 침으로 무장한 놈들의 출현은 가히 괴기스러웠다. 몇 시간 동안 사막을 달려왔는데 대체 놈들은 어디에 숨어 있다가 나타났던 것일까. 지금도 나는 모르겠다.

다시 차에 올라 얼마를 달렸을까. 오른쪽으로 거대한 모래 산이 나타났다. 몇 대의 차가 서 있고 넓은 모자를 쓴 사람들 여럿이 산을 오르고 있었다. 꽤 유명한 산이라고 했다. 우리도 휘적휘적 산을 오르기 시작했다. 사람이 다니는 길이라 꽤 다져져 걸을 만했지만 술기운에 자꾸 넘어져 미끄러지곤 했다. 미끄러진 김에 털썩 앉아 있는데 마치 환영처럼 잿빛 옷을 입은 세 사람이 소리 없이 산을 내려오고 있었다. 눈을 비비고 보니 푸른 눈의 젊은 승려들이었다. 그 순간, 가슴이 덜컥 내려앉는 느낌과 함께 나도 모르게 눈물이 흘러내렸다. 그때나 지금이나 종교와는 담을 쌓은 내가 왜 그들의 모습에 눈물을 흘렸는지, 그것도 나는 모르겠다.

술이 엉망으로 취해 차 안에서 잠을 자다가 밖으로 나왔다. 사막에, 모래알처럼 많은 별이 쏟아지고 있었다. 테킬라와 갓김치를 토해내다가 눈물이 그렁그렁한 눈으로 하늘을 보며 나는 나의 이십 대를 비로소 떠나보냈다.

셋 중 하나는 정계에 투신하여 제 역할을 하고 또 하나는 농사를 지으며 서툰 글줄을 끼적인다. 소식을 전해온 나머지 한 사내는 여전히 LA에 살면서 늦둥이를 보아 세 살짜리 아들을 키우는 재미에 빠져 있다 한다.

　모두 귀밑머리 허옇게 센 세월을 살았다.

졸업식 풍경

연년생인 두 딸과 네 살 터울의 막내가 있어서 늘 바람 잘 날이 없지만, 해마다 빼먹지 않고 졸업식이란 것도 치른다. 올해도 어김없이 둘째가 중학교를 졸업해 학교를 찾게 되었다. 학교 담장에는 학부모님들을 환영한다는 플래카드도 붙어 있었다.

사실 '학부모'라는 말에서 가운데 들어 있는 '부'자는 빼도 무방하다. 아버지가 학교를 찾는 일은 거의 없고 때로는 내 애가 몇 학년인지 헷갈리는 아버지도 적지 않으니 그냥 '학모'라고만 해도 시비 거는 사람은 없으리라.

큰아이가 초등학교 다닐 때였다. 학부모 회의를 한다고 편지가 왔기에 생각 없이 갔다가 영 민망했던 적이 있다. 회의에 온 아버지는 달랑 나 하나였던 것이다. 열댓 명이나 되는 학모들 틈에 끼어 두어 시간 꿀 먹은 벙어리처럼 앉아 있자니 아주 죽을 맛이었다.

그래도 졸업식에는 아버지들이 꽤 많이 온다. 직장에서 졸업식 휴가라도 주는 건지 직장을 다녀보지 않은 나는 모르지만 말이다.

학교 정문 앞에 꽃을 파는 대학생들이 여럿이다. 아르바이트라도 하는 모양인데 꽃 사세요, 라고 외치는 소리가 어쩐지 애처롭게 들린다. 그중에 제일 싼 놈도 1만 5000원이란다. 살까 말까 망설이다가 맡기듯이 내미는 꽃다발 하나를 받아 들었다. 강당으로 들어가니 마침 졸업생 대표가 고별사를 하고 있다.

'원, 졸업하는 마당에 고작 할 말이 저렇게 없을까?'

나는 속으로 혀를 끌끌 찬다. 슬프지는 않더라도 아쉬운 척이라도 해야 하는 게 고별사 아닌가. 종이 한 장에 써온 걸 국어책 읽듯이 주워섬기고는 그만이다. 아이들도 저희들끼리 웅성거리느라 듣지도 않는다.

나는 사람들을 뚫고 강당 앞쪽으로 가서 내 딸아이를 찾는다. 매일 보는 얼굴을 새삼 보고 싶어서가 아니다. 오늘은 은근한 기대가 있다. 아이에게 들은 바로는 전날, 졸업식 연습을 하다가 담임 선생님이 아이들을 붙잡고 눈물을 펑펑 쏟았다는 거였다. 요즘도 그런 선생님이 있나, 하고 적잖이 감동을 받은 터였다. 여러 해 동안 졸업식을 다녀보았어도 펑펑은커녕 물기조차 비치는 선생님을 본 적이 없었다. 딸아이 말로는 갓 임용이 되어 첫해를 마친 선생님이라고 했다. 딸아이 역시 옆에 앉은 친구와 시시덕거리느라 내가 옆에서 보고 있는 줄도 모른다.

잠시 후 생전 처음 들어보는 노래를 부르고 나서 졸업식이 끝났고, 그 자리에서 졸업장을 나누어 주느라 자리가 웅성거렸다. 학부모들이 제 자식을 찾아 꽃다발을 안기고 사진을 찍느라 식장은 순식간에 아수라장으로 변했다. 나도 딸아이에게 다가가 꽃다발을 안겨주었다. 그런데 그 순간, 전날 학교 홈페이지에서 본 젊은 여선생님이 아이들을 하나씩 안아주는 모습이 눈에 들어왔다. 바로 아이의 담임 선생님이었다. 실내가 소란스러워 무슨 얘기를 하는지, 펑펑 우는지는 잘 알아보지 못했지만, 얼굴에 눈물이 번져 있는 것은 분명히 보였다. 아이 옆에 멀뚱히 서 있는데 선생님은 내 아이에게 와서 역시 포옹을 하더니 흑흑, 느끼는 것이었다.

"여민아, 선생님한테 나중에 전화해. 우리 반 카페도 자주 오고."

나도 모르게 콧날이 시큰했다. 아이도 감정이 북받치는지 선생님을 마주 안고 눈물을 떨구었다. 아이보다 훨씬 체구가 작은 선생님이 어떡하든 아이를 안아보려는 듯 어깨 위로 손을 두르고 있었다.

교문을 나오니 흐린 하늘에서 눈송이가 떨어지고 있었다. 오래전 초등학교와 중학교를 졸업하던 내 모습이 떠올랐다. 그때 졸업식에는 학생과 선생님은 말할 것도 없고 학부모들까지 온통 눈물바다였다. 고별사를 하는 학생은 목이 메어 몇 번이나 멈추었고 그

때마다 흐느낌이 높아졌다. 졸업식 노래는 얼마나 슬펐던가. 아마 시골 학교라서 더했는지도 모르겠다.

교문 밖에 세워진 경찰차에 뜻밖에도 친구 동생이 있었다. 웬일이냐고 묻자,

"모르겄어유. 여게는 졸업식날 사건이라군 터진 적두 읎넌디 학교 앞에서 애덜 감시하라넌 지침이 내려왔지 뭐유."

하는 것이었다.

이른 봄날

전정을 시작한 지 달포가 다 되는데도 아직 끝내지 못했다. 날씨가 춥거나 비 오는 날이 많았고 생각지 않은 일들이 생겨 일을 하지 못한 날이 많아서다. 복숭아나무는 3월 중순께까지만 끝내면 별 문제가 없지만 그래도 달이 바뀌니 마음이 급해진다. 해서 오늘은 바람이 꽤 매운데도 아침부터 밭으로 나갔다.

가위 잡은 손이 시리고 찬바람은 얼굴을 때린다. 뉴스에서는 '봄샘 추위'라고 호들갑이다. 꽃샘추위라는 말은 들어보았어도 그런 말은 처음 들어보았다. 있지도 않은 말을 태연하게 방송에서 쓰다니, 입맛이 쓰다.

햇살이 퍼져 한결 견딜 만한데 문득 발밑에 자줏빛이 점점이 찍혀 있다. 마른 풀 사이로 고개를 내민 것은 다름 아닌 냉이다. 반가운 마음에 양지바른 쪽으로 가보니 어느 틈에 제법 잎이 퍼진 놈들도 있다. 냉이뿐 아니라 초록색 잎을 펼치는 지칭개도 더러 눈에 띈다. 땅을 헤쳐 캐보니 잎은 겨우 동전닢만큼 퍼졌건만 뿌리는 꽤 실하다. 냉이는 연년생 식물이어서 작년에 묵은 뿌리와 마른 잎 중간부터 새잎을 내민다. 처음 나올 땐 자주색이다가 점차 초록으로 바뀐다. 그리고 나는 안다. 바로 지금 캐서 끓이는 냉잇국이 제일 맛있다는 것을.

잠시 가위를 놓고 호미를 찾아 들었다. 고개를 쳐들고 가지치기를 할 때는 보이지도 않던 냉이가 쪼그려 앉아서 보니 지천이다. 비로소 봄이 왔다는 실감과 함께 입 안 가득 침이 고인다. 나는 냉잇국을 좋아한다. 그냥 좋아하는 게 아니라, 아내의 말을 빌자면 지겹도록 좋아한다. 가을에 말가웃 콩가루를 빻아놓은 것도 다 냉잇국과 지칭개국을 위해서다. 봄가을로 밥상에 가장 자주 오르는 것이 냉잇국이다.

어린 시절, 겨우내 파먹어 군내 나는 김장배추나 동치미에 질릴 무렵, 어머니가 콩가루를 묻혀 끓여주던 냉잇국은 혀에 감기도록 맛이 좋았다. 서속을 넣고 지은 쌀밥에 냉잇국으로 배를 불리면 비로소 봄이 왔다는 생각이 들곤 했다. 하지만 그 시절에도 자주 먹을 수 있는 건 아니었다. 내가 살던 고향 마을은 이상하게 냉이가 흔하지 않았다. 짚으로 만든 종다래끼를 들고 한나절은 밭으로 들로 헤매 다녀야 겨우 한 끼 끓일 냉이를 캐곤 했다. 그리고 냉이를 캐는 일은 늘 아이들 몫이었다. 요즘이야 할 일 없는 아낙들이

자가용을 타고 우리 밭머리까지 와서 냉이를 캐곤 하지만 그 시절에는 어른이 냉이를 캐러 다니지 않았다. 아마 집안일이 너무 많아서 반찬 따위를 위해 빈 밭을 헤매는 일 따위는 엄두를 내지 못했을 것이다.

잠깐 호미를 놀렸는데 저녁 국거리는 넉넉했다. 아내와 양지바른 곳에 앉아 뿌리에 엉긴 흙과 잔뿌리를 다듬는 시간이 더 오래 걸렸다.

"아이구, 오늘은 또 냉이 핑계로 한잔하시겠네."

아내가 이미 알조라는 투로 한마디 한다. 나는 냉잇국을 아주 좋은 술안주로 삼는다. 뻑뻑하게 냉이를 넣고 끓인 국에 밥을 두어 술 말면 삼겹살 따위는 댈 것도 아니게 소주 안주로 그만이다. 소금물에 하루쯤 쓴 물을 우려낸 다음에 국을 끓이는 지칭개도 냉이와는 또 다른 별미이자 안주다. 달달하게 무쳐놓은 코끝 찡한 달래며, 홑잎나물, 잔대 싹, 취나물 따위가 줄줄이 기다리는 내 봄날의 안주들이다. 모두 돈 한 푼 들이지 않고 밭과 뒷산에서 캐고 뜯을 수 있다.

아이들은 흙냄새가 난다며 냉잇국에 아예 숟갈도 대지 않는다. 언젠가 이 맛을 알 수 있으려나. 손등 터지는 이른 봄날, 배고픈 하굣길 오 리 길을 서둘러 와보지 않았으니, 열어젖힌 밥솥에 맹물만 그득하여 저 모르게 눈물을 찔끔해보지 않았으니 아마도 영영 모를 것이다.

냉잇국을 안주로 소주 두 병을 천천히 비웠다. 텔레비전 앞에서 재잘대는 아이들, 수입도 없는 가계부를 펼쳐놓고 골똘한 아내. 산다는 게 문득 쓸쓸하다. 농사를 짓겠다고 귀농한 지 16년 세월이 흘렀건만 무슨 보람을 찾았던가.

이른 봄날, 초록 생명들은 언 땅을 뚫고 나오는데 술기운에 감긴 나는 여전히 잠이 오지 않는다.

배우고 때로 익히기

목사와 신부와 수녀가 골프를 치고 있었다. 목사가 친 공이 빗나가자, 목사는 저도 모르게 "젠장, 또 빗나갔네" 하고 중얼거렸다. 그 말을 들은 신부가 점잖지 못하게 웬 욕이냐고 핀잔을 주었다. 잠시 후 목사가 친 공이 또 빗나가자, 화가 난 목사가 또 "에잇, 젠장. 또 빗나갔네" 하고 소리를 쳤다. 참다못한 신부가 한 번만 더 그런 소리를 하면 하늘에서 벌을 내릴 거라고 경고했다. 그런데 마지막 홀에서 목사가 친 공이 또 빗나갔다. 목사는 참지 못하고 외쳤다. "에이, 젠장. 또 빗나갔잖아." 갑자기 하늘에서 먹구름이 몰려들더니 천둥과 번개가 내리치기 시작했다. 먼지가 잦아들고 정신을 차려보니, 목사와 신부는 멀쩡하고 수녀가 번개에 맞아 죽어 있었다. 그리고 하늘에서 천둥 같은 소리가 들려왔다. "에잇, 젠장. 또 빗나갔잖아."

요즘 읽고 있는 어느 수학책에 나오는 우스갯소리다. 불확정성의 원리와 양자역학을 설명하는 대목에서 예를 든 이야기이다. 자세한 소개를 하기엔 지면이 모자랄 뿐더러 내 지식이 형편없이 모자라지만, 책 읽는 즐거움에 빠져드는 순간이기도 하다.

나는 육칠 년 전부터 수학책을 즐겨 읽는다. 물론 전문적인 수학서가 아니라 수학자의 삶이나 수학의 역사, 풀리지 않는 문제를 두고 씨름하는 천재들의 이야기다. 늦은 나이에 수학에 관심을 가지게 된 것은 어느 날 내가 계산이나 수리적인 사고를 하는 데 있어 거의 치매 수준인 걸 깨닫고부터다. 학교에 다닐 때부터 나는 수학이나 과학에 아주 젬병이었다. 나중에는 시험지를 보지 않고 답안지만 가지고도 시험을 치러내는 경지에 이르렀을 정도였다. 대신 국어나 사회 분야는 남들보다 높은 점수를 얻곤 했다. 이후로도 주된 관심사는 역사나 사회과학 쪽이었을 뿐 자연과학 분야는 아예 쳐다보아서는 안 될 딴 동네로 여기고 살아왔던 것이다. 그런데 내가 초등학교 다니는 아이들 산수도 미처 따라가지 못하고 숫자와 관련된 것은 거의 기억하지 못한다는 것을 알게 된 후로 스스로 위기감을 느끼게 되었다. 마치 뇌의 한쪽이 퇴화되어버리는 듯한 기분이었다. 그래서 처방을 내린 게 기초적인 수학 공부를 해보자는 거였다.

도서관에는 의외로 수학을 쉽게 풀어 써놓은 책들이 많았다. 나는 기억이 가물가물한 피타고라스의 정리니, 로그니 하는 개념들을 새로 익히고 천재적인 수학자들의 삶을 읽었다. 실로 놀라운 세계가 그 안에 있었다. 저 유명한 페르마의 정리를 둘러싼 300년 간의 고투와 마침내 그것을 풀어내는 과정은 흥미진진한 한 편의 소설이기도 했다. 그리고 수학자들이 보여주는 발본적인 의심과 치밀한 논증의 과정이 나를 감탄하게 만들었다. 수천 년을 이어져 내려온 삼각형 내부의 합이 180도라는 정설을 의심하기 시작하여 결국 아니라는 증명을 이끌어내고 만 천재들의 이야기는 마치 다른 세상 이야기를 보는 듯했다. 세상에는 여전히 삼각형 내부 각의 합이 180도라고 믿는 사람들이 대다수니까 말이다.

수학의 세계에 깊이 매료된 나는 한때 아직까지 풀리지 않은 수학사 최고의 난제라는 4색지도 문제를 풀어보겠다고 낑낑거리기도 했고 나와 아내의 관계를 방정식으로 만들어보기도 했다. 물론 나는 아직 미적분을 풀지 못하고 3차방정식도 어려워하지만 내 글에 얼마간 논리적인 게 있다면 늦게 접한 수학이 큰 도움이 되었을 것이다. 무엇보다 나는 수많은 수학자들의 삶에서 눈부시게 아름다운 영혼을 보았다.

내 수학 공부에 적잖은 도움을 주는 사람은 고등학교에 다니는 딸아이다. 부끄러운 고백이지만 나는 아이에게서 비로소 저차방정식과 확률계산법을 배웠다. 물론 아비 된 자로서 배우기만 하는 것은 아니다. 역사 동아리에서 활동하는 딸애는 종종 나와 역사적인 사건에 대해 토론을 벌인다. 그제는 병자호란 당시의 주화론과

주전론에 대해 두어 시간이나 토론을 나누었다. 지식을 쌓고 자기 세계를 만들어가는 모습이 보기에 좋다.

세상 사는 일이 모두 각박하고 팍팍하기만 하면 어찌 견딜 것인가. 배우고 때로 익히는 소소한 기쁨이야말로 평생 놓을 수 없을 터이다.

세 번째 이야기

꽃과 씨

봄날의 하루

햇살이 따사롭다. 바람은 때로 세차게 일어 빈 나뭇가지를 울게 하지만 한낮의 볕은 자꾸만 밖으로 나오라고 하는 듯하다. 하긴 지금쯤이면 농사 준비로 이것저것 몸을 놀려야 하는 시기다. 들녘에서도 농사를 준비하는 트랙터 소리, 거름 내는 경운기 소리가 들려온다. 요 며칠 급하게 원고를 쓸 일이 생겨 밤낮으로 방에 처박혀 있었더니 온몸이 근질거린다. 대충 초고를 끝낸 게 점심참이었다. 앉은뱅이책상에서 일어나니 무릎이 다 시큰거린다. 의자에 앉아서 글을 써야 피곤이 덜하다는데 아직 앉아서 쓰는 버릇을 버리지 못했다.

하늘엔 구름 한 점 없고 양지바른 뒷산에는 작은 새들이 포르릉거리며 이리저리 옮겨 다닌다. 밭으로 나가 보니 어느새 올라온 마늘 싹이 덮여 있는 비닐을 치밀고 있다. 작년 늦가을에 심은 놈들이다. 그때도 가을볕에 앉아 씨마늘을 쪼개고 과수원 한 귀퉁이를 일구어 심었는데 네댓 달 혹심했던 추위를 견디고 싹을 내민 놈들이 대견하다.

꼬챙이와 호미를 챙겨 마늘밭가에 자리를 잡는다. 쪼그려 앉자니 무릎이 아파 털썩 주저앉는다. 햇살은 좋아도 땅에서는 냉기가 올라온다. 꼬챙이로 싹이 내민 부분의 비닐을 조금 찢고 손가락만큼 자란 놈을 밖으로 꺼내준다. 마치 심을 때처럼 하나하나 싹마다 구멍을 내어 봄볕에 머리를 풀어준다. 비닐 속에서 고개를 꺾고 있던 놈들이 시원스레 바람에 흔들린다. 나조차도 시원하다. 구멍 난 비닐은 호미로 흙을 퍼서 일일이 메워준다. 바람이 들지 않고 풀이 올라오지 못하게 하기 위해서다.

개중에는 늦되는 놈도 있어 겨우 참새 혀만 한 싹을 내미는 것들도 있다. 굽은 나무가 선산 지킨다는 말도 있는데, 늦게 나온 놈 씨알이 더 굵지 말라는 법도 없다. 조금이라도 싹을 내민 놈은 알뜰하게 구멍을 내 숨통을 틔워준다.

어느새 아내도 옆에 와서 일을 거든다. 보기보다 시간을 오래 잡아먹는 일이라 그렇지 않아도 소리를 쳐 부를 생각이었다. 몸피가 가벼워 쪼그리고 앉은 아내는 나보다 손이 곱절은 빠르다.

"마늘잎 뜯어 먹을 만하면 올갱이 잡으러 가자. 올갱이국은 역시 마늘잎을 넣고 끓여야 제맛이지."

아내는 쯧쯧, 하고 혀를 두어 번 찰 뿐 대꾸가 없다. 이제 싹이 올라오는 마늘을 보고 벌써 잎 뜯을 생각을 하는 것이나 변하지 않는 충청도 촌놈 입맛이 한심스럽다는 투다. 그러거나 말거나 마늘밭에 앉으니 마늘 얘기다.

"잎에 콩가루 버무려서 쪄 먹는 것도 맛있지. 종다리 올라올 때 바로 뽑아서 고추장에 찍어 먹어도 별미고."

말해놓고 보니 학교 다닐 때 지겹도록 싸 가지고 다니던 도시락 반찬이다. 육쪽마늘로 유명한 단양이 멀지 않은 곳을 고향으로 둔 탓이다. 아내는 손이 재고 나는 주저앉은 채 담배를 빼어 문다. 얼굴에 닿는 햇살이 제법 따갑다. 문득 이런 것이 평화라는 건가, 하는 생각이 든다. 찾는 이 없는 외딴 골짜기, 조용한 봄볕 아래 마늘밭을 돌보는 오후의 시간 정도면 평화로운 풍경이라 불러도 될 듯하다. 두어 시간 만에 일을 마치자 오히려 힘이 나는 것 같다. 내친 김에 상추도 심기로 한다.

며칠 전에 이웃이 준 상추 모가 그저 헛간에 있었다. 상추란 놈은 한꺼번에 많이 심으면 미처 먹지 못해 낭패다. 우선 한 평쯤만 심기로 하고 거름을 뿌린 다음 삽으로 일구었다. 선호미로 흙을 고르고 검은 비닐을 씌울 요량인데 아내가 지청구를 한다. 삽 잡은 김에 서너 평 일구라는 것이다. 나중에 심을 자리까지 한꺼번에 비닐을 씌워놓자는 거였다. 오랜만에 하는 삽질이라 설핏 땀까지 차지만 아내의 말이 백번 지당하니 따르지 않을 도리가 없다. 상추를 심고 활대를 꽂아 그 위에 이중 비닐까지 쳤다. 아직 서리 오는 날이 많아서 그렇게 하지 않으면 얼어 죽는다.

이제 얼마 지나지 않으면 나는 밥상에서 마늘잎 넣고 끓인 올갱이국을 두 그릇씩 먹을 것이고 아이들은 상추쌈에 입이 미어질 것이다. 그것도 평화라면 평화일 것인가.

햇살 좋은 봄날, 부질없는 생각만 오간다.

지옥의 향기

일설에 따르면, 평생 동안 꾸준하고 성실하게 나쁜 짓을 계속한 사람이라면 누구나 가는 곳이 지옥이라 한다. 가본 이의 말을 들어본 적 없어 알 수는 없으나 그곳에는 늘 불이 타오르는데 그 불은 유황으로 지핀다고 한다. 지옥에서 비싼 휘발유나 가스를 때지는 않을 테니 당연한 일이다. 그리고 보니 유황 지옥이라는 말도 있다. 어쨌든 사람에게 고통을 주는 원소 중 하나가 유황임에는 틀림없는 것 같다.

그런데 과수원을 하는 농민은 대개 유황과 깊은 인연을 가지고 있다. 바로 이맘때 살포해야 하는 농약이 유황인 까닭이다. 아직 잎이 나오기 전에 치는 농약이라 그 전에 살포하는 기계유제와 더불어 동계약제라고 불린다. 기계유제는 실제로 기계에 들어가는 윤활유를 묽게 희석하여 나무에 뿌리는 것인데, 나무에 붙어 월동

한 해충의 알에 기름을 들씌워 죽이려는 목적이다. 요즘은 나무에 나쁜 영향을 끼친다 하여 사용하는 농가가 많이 줄었는데 아직도 배나무에는 많이 쓰는 줄 안다.

유황 농약의 정식 이름은 석회유황합제다. 몇 년 전부터 제품으로 나오기도 하는데 경험상 집에서 고는 것만 못한 듯하다. 그래서 과수 농가에서는 보통 3월 말경에 직접 만든다. 이를 보통 엿을 고는 것과 마찬가지로 '황을 곤다'라고 이르며 과연 한나절 내내 불을 때야 한다. 보통 서너 농가가 힘을 합쳐 하루 종일 황을 고아 나누는데 우선 커다란 무쇠솥이 필요하다. 나는 몇 년 전에 고물상에서 보일러 기름통을 구해 쓰고 있다. 물을 반쯤 채우고 불을 때 온도가 올라가면 황을 녹인다. 샛노란 유황 가루는 찬물에는 잘 녹지 않는다. 유황은 매캐하고 고린 냄새가 지독하다. 미리 가보는 지옥의 냄새려니 하고 참는 수밖에 없다. 20킬로그램짜리 유황 세 포를 녹인 후 생석회 한 포 반을 삽으로 퍼 넣는데 아주 조심해야 하는 순간이다. 생석회라는 놈은 찬물에 집어넣어도 금세 펄펄 끓어오르는 성질을 가지고 있기 때문에 이미 뜨거워진 물에 닿는 순간 미친 듯이 튀어 올라 지옥의 향기와 더불어 뜨거움까지 선사하는 수가 있다.

유황은 살충 효과를 가지고 있고 생석회는 살균제다. 구제역이나 조류독감이 창궐할 때 길바닥에 뿌리는 것이 바로 생석회다. 여담이지만 농민들, 무서운 사람들이다. 농민들이 늘 주물럭거리는 유황과 생석회, 질소비료에 글리세린 정도를 더하면 가공할 폭약을 만들 수 있다. 예전에 오클라호마 미국 연방정부 청사를 날려버린 폭약의 재료가 바로 그것들이었다.

유황과 생석회가 끓기 시작하면 한약 다리듯 뭉근하게 오래 달여야 한다. 그 사이에 출출해진 배 속을 채우는 것은 아무래도 돼지고기와 막걸리가 제격이다. 장작을 땔 알불이 돼지 한 마리를 통째로 구워도 넉넉할 정도이고 황과 석회를 들이켜 아리고 칼칼한 목구멍을 씻어내야 하니까. 어릴 때부터 과수원집 아들이었던 나는 어른들 틈에 끼어 돼지고기를 얻어먹는 맛에 황 고는 날을 기다리곤 했다. 요즘처럼 따로 불판이 있을 리 없었다. 유황가루 묻은 삽을 툭툭 털어 그대로 고기를 얹는가 하면 슬레이트 조각을 불 위에 놓고 고기를 구웠다. 슬레이트의 굴곡은 기름이 잘 빠져 아주 인기 있는 불판이었고 실제로 고기 맛이 좋았다. 얼마 전에 석면관리법인가가 생겨 보통 사람은 아예 손대는 것조차 금지된 바로 그 슬레이트가 마을 최고의 불판이었다.

세 농가가 쓸 유황을 해가 설핏하도록 고았다. 뽀얗게 뒤집어 쓴 유황과 생석회는 비누칠을 해 씻어도 말끔히 닦이지 않고 눈은 불티가 들어간 것처럼 쓰리다. 그래도 유황합제는 친환경 농약으로 분류된다. 해마다 직접 들이마셔 가며 제조를 하는데도 아직 멀쩡한 걸 보면 그런 것도 같다.

이제 모레쯤 올해 첫 농약인 유황을 살포해야 한다. 나는 이 지상의 어떤 것에 대해서도 판관의 지위를 가지지 않았건만, 이름도 모르는 충과 균들이 깨어나다 말고 그 농약을 맞고 죽어갈 것이다. 과수원을 하는 자의 비애다.

그래서 나는 봄마다 지옥의 향기를 미리 맡는가 보다.

초상집 풍경

어릴 적부터 속내를 털어놓고 사는 친구의 아버지가 돌아가셨다. 아흔을 넘긴 향수에 마나님의 병구완을 받다가 졸하셨으니 호상이라 할 만했다. 내 아버지가 서당에 다닐 때 망인이 훈장을 한 적이 있어서 아버지와 함께 나란히 조문을 갔다. 망인의 장자는 일흔이 다 된 노인이고 내 친구는 막내아들이다. 육 남매를 두어 증손까지 가지가 뻗친 벌열한 집안이라 문상객으로 발 디딜 틈이 없고 무엇보다 검은 양복 입은 상주들만 해도 숫자가 엄청났다. 형제뿐인 나로서는 내심 부러운 광경이었다.

오랫동안 보지 못했던 고향의 어른들이며 이웃해 살던 이들을 다시 만나본 것도 즐거운 일이었다. 상가에 웃음소리가 드높았던 것도 호상이란 이유 말고 멀게는 수십 년 만에 만난 고향 사람들 간의 반가움이 컸던 까닭이었다.

이미 30년 전에 충주댐으로 수몰된 고향을 떠났던 이들의 얼굴 속에는 긴 세월의 풍파도 미처 씻어내지 못한 향수가 드리워져 있었다. 번잡하고 소란스러운 상가 분위기에서도 얼굴을 알아본 옛 이웃들이 다가와 손을 잡고 안부를 물었다. 나는 옛 고향 이야기를 소설에 자주 써먹는 편이라 꽤나 많은 사람들을 기억에 저장해놓았다고 생각했는데 전혀 기억에서 밀려나 있던 사람들이 순식간에 망각의 자물쇠를 풀고 내게로 들어오는 것이었다. 자산이라고 해야 할 그 무엇을 얻은 듯해 약간의 흥분조차 밀려왔다.

나는 꼭 가야 할 자리가 아니면 경조사에 그다지 발길을 하는 편이 아니다. 크나큰 나의 악덕 중 하나인데 앞으로 살면서 고쳐지려는지 모르겠다. 어쨌든 아니 갈 수 없는 자리라 오랜만에 상가에 발걸음을 했던 것이고 십 대 이후로는 보지 못했던 고향 친구들을 만나 얼굴조차 기연가미연가하며 술잔을 나누었다. 상가일지언정 즐겁지 않을 도리가 없었다. 그런데 이게 웬일인가. 우리야 웃고 떠들지라도 그래서는 안 될 우리의 친구인 상주조차 얼굴에 웃음을 달고 때로는 호탕하게 홍소조차 터뜨리는 것이었다. 마냥 좋게 보아줄 광경은 아니었다. 옆구리를 찌르며 너무 웃음기를 띠고 있으면 네 아버지가 벌떡 일어날지도 모른다고 한마디 했지만 술기운까지 알알한 상주는 영 말귀를 못 알아듣는 눈치였다.

어렸을 적에 마을에 초상이 나면 큰 구경거리이자 일종의 잔치였다. 애 어른 할 것 없이 초상집에 모여 세 끼니를 해결해가며 질

편한 사나흘을 보내기 마련이었다. 집이라야 다들 옴팡간이라 아래위로 이웃한 집까지 덩달아 마당에 솥을 걸고 차양을 쳤다. 멀리서 온 객들은 그대로 묵새기며 삼오까지 보고서야 비로소 들메끈을 죄었다.

상가에서 온종일 끓여 진국이 우러난 돼지국밥을 얻어먹는 것도 즐거웠지만 상주들을 훔쳐보는 재미가 더욱 쏠쏠했다. 지금이야 대개 검은 양복에 삼베 쪼가리를 다는 것으로 상주임을 표시하지만 그 시절엔 굴건제복을 제대로 갖춰 입고 지팡이까지 짚었다. 게다가 새끼줄과 한지로 온몸을 휘감다시피 하여 마치 망자를 북망으로 이끄는 사자와도 같은 느낌을 주었다.

10여 명쯤 되는 상주들이 똑같은 복장으로 곡을 하는 모습은 장엄하기조차 했다. 마당에서 먹고 마시며 떠들다가도 상주들의 곡소리가 높아지면 아낙들을 시작으로 눈물 바람이 일곤 했다. 나는 상주들의 복장이 주는 기이한 아름다움과 끝없이 이어지는 곡소리에 취해 상가 근처를 떠나지 못했다. 하긴 마을에 초상이 났는데 달리 갈 데가 있을 리 없었다. 상여가 나가는 광경은 또 얼마나 애절하고도 근사했던가. 상두꾼이 부르는 구성진 노래와 간단없이 딸랑거리던 요령 소리는 아직 어른이 아니었던 우리들에게도 죽음이라는 음험한 장막 한 자락을 엿보게 하는, 어쩔 수 없는 마지막 이승의 가락이었다.

장지까지는 가지 못하고 밤늦게 돌아왔다. 그런데 다음 날 정오쯤 상주에게서 전화가 왔다. 잔뜩 울먹이는 목소리로 친구는 내게 말하는 것이었다.

"지금 아부지 떼 옷 입으신다. 진짜 울 아부지가 돌아가셨는갑다. 어쩌냐, 어쩌냐."

친구의 울음에 나도 눈물 한 줄기를 보탰을 뿐, 아무 말도 하지 못했다.

소연네 이야기

우리 마을에는 아직 쉰도 되지 않은 나이에 네 살짜리 손녀를 둔 젊은 할머니가 있다. 나보다 겨우 두 살이 많을 뿐이니까 마흔다섯에 할머니가 된 셈이다. 경기도 어디에서 태어나 갓 스물에 다섯 살 많은 우리 마을의 총각과 중매로 혼인하여 내내 살았단다. 슬하에 남매를 두었는데 오빠보다 먼저 누이가 짝을 지어 외손녀를 본 것이었다.

마을이라야 고작 열일곱 가구에 나이로 따지자면 내가 제일 젊은 축이니까 그녀 또한 농촌에서는 청년이라고 해야 할 나이다. 청년답게 그녀는 마을에서 제일가는 농군이다. 어렸을 때부터 농촌에 살면서 억척스런 여인네들을 숱하게 보았지만, 그녀—마을에서는 이제 손녀의 이름을 따 '소연네'라고 부른다—처럼 농사일을 잘하는 사람은 없었던 것 같다.

우리 마을은 면내에서도 빈촌으로 손꼽힌다. 농토는 거의 논인데다, 많아도 스무 마지기를 넘기는 집이 없고 과수 따위를 심은 밭도 산그늘이 짙어 수확이 시원찮다. 그러다 보니 부모가 짓던 농사를 잇겠다는 자식이 없어 모든 집이 노인 가구다. 애초부터 농사를 지으려고 함께 들어온 우리 집을 제외하면, 2대가 함께 농사를 짓는 집이 전혀 없는 기이한 마을이 되었다. 그런 형편이어서 마을은 갈수록 쇠락하고 담벼락이 허물어지거나 지붕이 내려앉아도 관에서 도움을 주지 않으면 속수무책인 집들이 태반이다. 전국에 그런 마을이 한두 곳이 아니겠지만 이대로 몇 년이 흐르면 마을이 폐허가 되지 않을까 염려가 되기도 한다.

그런 중에도 제일 불쑥하게 살림을 꾸리는 집이 다름 아닌 소연네다. 그녀의 남편도 역시 할아버지가 되었지만, 내가 형님이라고 부르며 가끔씩 소주잔을 기울이는 사이다. 무골호인(無骨好人)이라는 말이 그를 위해 생겨났지 싶게 사람 좋고 남에게 싫은 소리 한마디 하지 못하는 사람이다. 선대에게 물려받은 땅이라곤 양식거리 닷 마지기 논에 700평짜리 텃밭이 고작이었다. 밤낮으로 땅에 엎드려 기면 호구는 해나갈지언정 셈평을 펴기엔 턱없이 부족한 터수였다.

시집오기 전까지 농사라고는 몰랐던 소연네는 일찌감치 남편을 밖으로 내몰았다. 취직을 하게 한 것이다. 남뿐만 아니라 아내에게도 싫은 내색을 하지 못하는 형님은 등 떠밀려 그리 멀지 않은 곳에 있는 산업단지의 공장을 전전하다가 20여 년을 지금 다니는 도축장에서 붙박이로 일을 하고 있다.

그동안에 소연네는 혼자서 농사를 지었다. 텃밭에는 가지를 심었고 논농사는 남의 논까지 도지로 얻어 5000평으로 늘렸다. 논농사는 대개 기계로 하고 텃밭 700평이 힘에 부칠 리는 없다. 놀라운 것은 이 농사를 거의 새벽과 저녁에 해치운다는 것이다. 낮 시간에는 남의 일을 다니는데 워낙 손이 빠르고 매워 인근 과수원이나 인삼밭 등에서 상일꾼으로 그녀를 모셔간다.

소연네가 텃밭에 가지를 심는 이유가 있다. 그녀는 언제나 새벽 4시면 밭으로 나오는데 아무리 여름철이라도 깜깜한 시간이다. 그런데 가지는 보이지 않아도 손으로 어림하여 딸 수가 있다. 이제는 미립이 나서 어두울 때나 밝을 때나 손놀림이 비슷하다고 한다. 텃밭과 논, 그리고 남의 일을 다니며 받는 품삯을 합치면 1년 수입이 얼추 2000만 원이 넘는다는 자랑을 들은 적이 있다. 남편도 경력이 오래되어 월 200은 받는 모양이었다. 빈한한 마을에서 그 정도의 수입을 올리니 자연 살림살이에 윤기가 돈다. 손녀딸 옷도 가끔은 메이커를 사고 평평한 텔레비전을 제일 먼저 산 집도 소연네다. 그렇다고 매양 돈독에 올라 남을 돌아보지 않는 자들과는 영판 다르다. 붙박이로 부녀회장을 하며 겨우내 노인정에서 끼니를 끓여대는 것도 소연네요, 꼬부라진 노인네들 온천물 구경시키는 일도 역시 소연네다.

할머니가 된 후부터 진짜 마을의 할머니들과 은근슬쩍 말을 놓고 지내는, 노래방에선 트로트를 멋들어지게 뽑는, 내 딸이 고등학교에 갔을 때 놀랍게도 10만 원짜리 수표 한 장을 내 주머니에 찔러준 소연네가 이웃이어서 나는 즐겁다.

종
가

　나는 집안의 7대 종손이다. 1년에 제사를 열 번이나 모신다. 종손이면서도 문중이니 종가니 하는 개념조차 없는 나를 아버지는 적잖이 못마땅해한다. 문중 대소사에 일절 발길을 하지 않고, 아이 이름에 돌림자를 쓰지 않은 것도 당연히 곱게 보지 않는다. 종친이니 문중이니를 봉건유제의 나쁜 예로 보기 때문에 아예 신경을 쓰지 않는 것인데, 그래도 집안의 애경사에서 까마득히 촌수를 따져야 하는 어른들을 만날 때가 있다. 재종 당숙이거나 십촌 형, 대고모라 불리는 이들을 나는 도무지 졸가리 따져 기억하기조차 어렵다.

　그런데 그런 어느 자리에서 몇몇 나이 든 집안 어른들이 종가에 한번 다녀가자는 이야기가 나왔나 보다. 말이 종가일 뿐, 전해져 내려오는 것은 족보 한 질과 몇 권의 책이 전부고 종가에 어울

146

리는 여러 칸짜리 기와집과도 거리가 멀었다. 꽃 피는 봄이 좋겠다는 논의가 이어지긴 했지만 나는 내심 사는 곳이 제각각인 노인들이 정말로 우리 집을 방문하기는 어려우리라 생각했다. 한데 지난주에 연락이 오기를, 모월 모일에 온다는 것이며 바로 그날이 어제였다. 10여 명 남짓 되리라는 전갈이었다. 그 정도의 손님은 여러 차례 치러보았기에 별거 아니라고 생각했는데 아버지는 그게 아닌 모양이었다. 집안 어른들이 모처럼 종가에 오는 것이니 각별히 준비를 해야 한다는 거였다. 하여 감주를 내리고 산에 가서 나물을 뜯는가 하면 생선과 고기까지 꽤 많은 출혈을 감수하며 준비를 했다. 집 안팎 대청소에 당일 아침에는 새벽부터 부엌이 소란했다.

10시가 조금 넘자 손님들이 오기 시작했다. 그런데 맙소사, 낯익은 어른들과 처음 보는 노인이 섞인 손님들은 최종적으로 스물한 명이었다. 서둘러 밥을 한 솥 더 안치고 음식을 준비하느라 아내와 어머니는 정신이 없었다. 오랜만에 만난 집안 어른들은 삼삼오오 둘러앉아 이야기를 나누는데 가는귀가 먹은 이들이 많아 목소리가 한껏 높아졌다. 묵은 족보를 펼쳐놓고 조상 얘기에 열을 올리는가 하면, 예전에 서로 얽힌 추억담, 문중 땅을 슬쩍한 누군가에 대한 비난까지, 노인들 특유의 고집이 섞인 중구난방의 자리였다. 술이 여러 차례 돌자 목소리는 더욱 높아지고, 나로서는 자리에 앉아 있는 것만도 죽을 지경이었다. 중간중간 종손을 찾아 한사

코 술잔을 건네는 이들이 있어 쉽게 자리를 뜰 수도 없었다.

옛날 책을 보관하는 상자를 내어 보던 중에 교지 한 장이 나왔다. 전에 본 적이 있는 통정대부(通政大夫) 첩지였다. 이를 두고 노인들은 또 신이 났다. 임금이 내린 교지가 있으니 우리 집안이 대단한 양반가가 틀림없다는 거였다. 나는 속으로 혀를 찼다. 임진란 이후에 남발했던 공명첩들에 흔히 올랐던 벼슬이 통정대부임을 알고 있었다. 실제로 어떤 직책을 맡은 것도 아닌, 그저 부족한 나라의 곳간을 채우기 위해 마구 뿌려댄 것이 그러한 교지였다. 사실 나는 그 자리에 모인 누구보다 우리 집안의 내력을 잘 알고 있다. 조선 말기에 돈으로 참봉 자리를 얻어 겨우 양반 행세를 해왔고 그 이전에는 중인 신분의 아전이 대대로 이어진 직업이었다. 중인이든 노비든 나로선 아무 상관도 없지만, 그런 말을 입 밖에 냈다가는 어른들에게 치도곤을 당할 분위기라 그저 속으로 웃을 수밖에 없었다. 우군이 좀 있었더라면 반봉건 투쟁의 깃발이라도 올리고 싶은 심정이었다.

점심을 먹고 곧바로 마당으로 자리를 옮겨 불을 피우고 고기를 구웠다. 먹새 좋은 몇몇 어른들은 소주에 고기를 잘도 드셨다. 부엌에서는 그야말로 설거지 전투였다. 네 개의 상에서 나온 그릇들은 산처럼 쌓여 있고 아내는 예닐곱 시간째 엉덩이를 바닥에 붙이지 못했다. 마당에서 나올 설거지감도 만만치 않을 것이다. 절로 한숨이 나온다. 지금은 다만 설거지에 몰두하는 아내의 지청구가 들리는 듯하기 때문이다. 수많은 제사와 더불어 내 의지와 상관없이 종손으로 태어난 대가를 가끔씩은 치러야 하나 보다.

꽃
과
씨

'닭이 먼저냐, 알이 먼저냐' 라는 흔한 질문은 얼핏 답을 찾기 어려워 보인다. 하지만 논리적으로, 또 생물학적으로 당연히 알이 먼저다. 알은 모든 조류를 포괄하고 닭은 조류의 일종이기 때문이다. 알을 계란으로 바꾸어도 마찬가지다. 오랜 진화를 통해 계란은 조금씩 다른 형태의 병아리로 부화하고 종내는 닭이라 이름 붙이기 어려운 어떤 조류가 나올 가능성이 다분한 것이다.

그 질문을 꽃과 씨에 적용하면 어떨까? 알과 비슷한 것은 아무래도 꽃보다는 씨이므로 씨가 먼저일 것 같다. 씨에서 싹이 나고 꽃이 피니까, 답은 자명한 듯하다. 하지만 꽃을 가만히 들여다보면 그 반대가 아닐까 하는 생각이 든다.

복숭아꽃이 지고 사과꽃도 분분히 꽃잎을 날린다. 꽃받침 아래에는 이미 수정이 된 열매가 도톰하게 부풀었다. 과수원을 하다 보면 가끔 나무의 신기한 생리를 보게 된다. 꽃이 지는 요즘도 그런 현상을 볼 수 있는데, 영 지지 않는 꽃이 더러 있는 것이다. 때로는 한 달 이상, 두 달 가까이 굳건하게 꽃잎을 펼치고 있는 놈도 있다. 처음에 나는 식물학적으로 중요한 돌연변이라도 발견한 줄 알았다. 지금도 그 원인을 정확히 설명하진 못하지만 나름대로 짐작은 하고 있다.

꽃망울이 터질 무렵이면 아침저녁으로 과수원을 꼼꼼히 살피게 된다. 성명 미상의 어떤 벌레들은 몽우리를 갉아먹는 못된 습성을 지니고 있고, 꽃이 피는 모양으로 나무의 상태나 시비 여부를 가늠할 수 있기 때문이다. 자연스레 꽃을 들여다보는 시간이 많다.

복숭아나 살구, 벚꽃 같은 것들은 꽃 모양은 달라도 같은 종류들이다. 씨가 하나밖에 없는 핵과류인데, 꽃술을 보면 재미있다. 꽃잎 가운데 솟아 있는 꽃술은 보통 열 개에서 스무 개 정도다. 그 중에 나머지 것들과 다른 하나의 꽃술이 고개를 내밀고 있다. 색이 밝고 끝에는 점액질로 보이는 묽은 액이 반짝인다. 바로 그 꽃술이 꽃가루를 받아 씨를 만드는 구실을 한다. 점액질은 바람에 날려 오거나 벌나비가 묻혀 오는 꽃가루를 받기 위한 것이다. 그리고 꽃가루를 받아 수정이 되면 곧 분비를 멈추고 끝이 검게 변한다. 그 순간부터 그 꽃술 밑에서 씨앗이 생기기 시작한다.

이 중요한 꽃술은 아주 힘이 세서 과일이 다 익어 사람이 먹을 때까지 흔적이 남는다. 복숭아나 살구의 맨 밑에 약간 뾰족한 형태의 검은 점이 바로 그것이다. 나머지 다른 꽃술이 하는 역할은 향기를 내뿜어 중매쟁이 벌을 유혹하는 것으로 짐작할 뿐, 아직 모르겠다.

사과나 배처럼 여러 개의 씨앗이 있는 과일은 조금 다르다. 꽃술 중 하나가 아니라 여러 개의 꽃술이 꽃가루를 받는다. 그 흔적도 역시 과일의 아래쪽 움푹 들어간 곳에 여러 개의 털 모양으로 남는다.

꽃잎은 어떤 역할을 할까. 순전히 내 짐작이지만, 바람에 날아오는 꽃가루를 잡아주는 게 꽃잎이 하는 일인 듯하다. 꽃가루가 고개를 내민 꽃술을 스쳐 지나가지 않도록 품을 벌리는 것은 상당히 과학적인 행위다. 작은 날것들이 바람을 피해 꽃술에 앉도록 보호하는 일도 꽃잎이 맡은 임무다. 그래서 수정이 되고 나면 이내 고단한 어깨를 빼어 바람 속으로 몸을 내던지는 것이리라.

도시에서도 흔히 보게 되는 진달래나 철쭉 같은 꽃들도 핵과류 꽃과 같은 꽃술을 가지고 있다. 꽃이 지고 나서 자세히 보면 긴 꽃술 하나가 남아 있고 그 아래 씨앗이 맺히는 모습을 볼 수 있다.

도무지 지지 않는 강철 꽃들은 불행히도 수정이 되지 않은 꽃이다. 수정이 되지 않아도 대개 지고 마는데, 몇몇 꽃들은, 씨도 남기지 않고 죽을 수는 없다며 버티고 또 버틴다. 이미 꽃가루도 벌도 오지 않는 과수원에서 기나긴 기다림을 견딘다. 무서운 꽃이다.

아무래도 씨보다 꽃이 먼저인가 보다.

뒷
산
에
서

농사를 짓는 사람이면 누구나 그렇듯이 나도 푸성귀를 주로 심어서 먹는다. 마늘이나 고추 같은 양념 채소며 오이, 호박, 열무, 상추, 배추 따위를 심어 여름철이면 찬거리 걱정을 하지 않고 지내는 편이다. 봄이면 들과 산에서 나는 쑥이며 미나리, 각종 나물이 있어 그런대로 밥상이 싱그럽다.

아이들은 거의 입에도 대지 않지만 나는 산나물을 몹시 즐기는 터라 제철에 먹는 것만으로 만족하지 못하고 묵나물을 만들었다가 겨우내 야금야금 반찬 겸 안주로 삼는다. 하여 아무리 바빠도 짬을 내어 산나물을 뜯으러 간다. 주로 다래 순과 고사리, 취나물 등을 묵나물로 만드는데, 고사리는 자칫 때를 놓치면 잎이 피고 말아 몇 해 전에 뿌리를 캐다가 열 평 남짓 고사리밭을 만들었다. 작년부터 고사리가 올라와 제사상에 올리고도 드물지 않게 밥상에서 만나게 된다. 올해는 두어 주일 전에 다래 순을 한 자루 따다가 이미 삶아 말렸고 오늘은 취를 뜯기로 했다. 바쁜 철이긴 해도 한나절쯤 겨울 반찬을 위한 짬은 내어야 했다.

이른 점심을 먹고 산에 오르기 시작했다. 우선 가랑잎이 푹신한 참나무 그늘에 앉아 담배 한 대를 끄는데, 연초록 잎이 바람에 쏠리는 소리가 싱그럽기 그지없다. 과수원을 하는 사람은 산의 참나무를 보며 나무의 상태를 짐작한다. 나뭇잎 색이 참나무보다 진하면 거름이 센 것이고 옅으면 거름기가 부족한 것이다. 참나무 잎이 점점 진해지는 것에 맞추어 과수의 잎도 따라가면 자연스럽게 성장하는 것으로 본다. 옛말에 흉년이 드는 해에는 도토리가 많이 열린다고도 하거니와 양식거리 없는 백성들에게 도토리라도 내어 주려는 갸륵한 나무가 참나무다.

본격적으로 취를 찾아 산을 오르는데 이게 웬일인가. 전과는 비교도 할 수 없게 많은 취가 눈에 들어오는 것이었다. 먼저 자란 놈은 두어 뼘이나 되게 키를 세웠고 아직 연한 잎을 내미는 것들도 점점이 널려 있었다. 수십 포기가 무더기 진 곳도 드물지 않아 취나물밭을 만난 것만 같았다. 겨우 한 시간쯤 지나자 메고 온 망태기가 가득 차 더 담을 수가 없었다. 나는 아연 기쁨에 넘쳐 집으로 달려가 아예 마대 자루를 챙겼다.

산비탈에서 연신 미끄러지고 찔레 덤불에 긁히면서도 나는 무슨 노다지라도 만난 양 취를 뜯는 데 정신이 팔렸다. 하긴 돈으로

처도 기십만 원은 넘을 터였다. 어디서 그런 사나운 욕심이 생겨났을까. 송홧가루와 땀으로 몸이 끈적이면서도 온 산의 취를 몽땅 뜯으려는 기세로 나는 산을 헤매 다녔다. 가끔 누군가가 뜯은 자국이 보이기도 했다. 이상한 욕심에 들린 나는, 대체 남의 뒷산까지 와서 취를 뜯어간 사람이 누구냐고 혼자 핏대를 올리기도 했다.

전에 비해 엄청나게 많은 취가 올라온 것은 봄에 비가 자주 온 까닭이었다. 올봄처럼 많은 비가 온 적은 아버지의 기억 속에도 없었다. 음력 4월이면, 계곡에 사는 가재가 4월 없는 세상에 살고 싶다고 절규할 만큼 비가 오지 않는 달인데 올해는 참으로 비가 자주, 많이 왔다. 그래서 그토록 많은 취가 올라온 거였다.

그렇거나 말거나 마대를 눌러가며 취를 뜯다가 어느 순간 가랑잎에 미끄러지며 엉덩방아를 찧고 말았다. 그런데 하필이면 작년 가을에 떨어진 밤송이가 아직도 가시를 세우고 있는 자리였다. 머리털이 쭈뼛 서는 아픔과 함께 식은땀이 쭉 흘렀다. 밤송이는 떼어냈지만 여러 개의 가시가 박힌 게 틀림없었다. 아픔을 참느라 담배 한 대를 피우는데 문득, 내가 지금 뭐하는 짓인가 하는 생각이 들었다. 작년보다 두 배도 더 취를 뜯었으면서도 왜 이토록 악착스러운가 말이다. 보다 못한 산의 정령이 그만 좀 하라고 밤송이로 응징을 한 것만 같았다. 가만히 보니 누군가가 뜯은 자국도 사람이 아닌 고라니나 토끼가 입 댄 흔적이었다. 스스로 부끄러워 얼굴이 붉어질 지경이었다. 횡재라도 만난 듯 욕심을 부린 마대 자루가,

꼭 나물의 무게만은 아니게 한없이 무거웠다.

김수영의 시 「어느 날 고궁을 나오면서」의 한 구절이 저절로
흘러나왔다.

> 모래야 나는 얼마큼 작으냐
> 바람아 먼지야 풀아 나는 얼마큼 작으냐
> 정말 얼마큼 작으냐……

사과나무에게

이틀 동안 혼자 집을 지키게 되었다. 부모님과 마을의 어른들이 모두 2박 3일 일정으로 제주도 여행을 떠났기 때문이다. 다달이 2만 원씩 무려 3년이나 돈을 부어 떠나는 여행에 들떴는지 부모님은 아침도 뜨는 둥 마는 둥 집을 나서 버스에 올랐다. 동네가 온통 비게 되어 하루에 두어 번씩 마을을 돌아보는 임무도 내게 주어졌다. 아직 한 번도 도둑이 든 적 없는 마을이지만 그래도 사흘씩이나 비워두려니 좀 께름칙한 모양이었다.

어머니가 끓여놓은 청국장으로 늦은 아침을 먹고 동네를 한 바퀴 돈 다음, 사과밭을 둘러본다. 그늘진 곳에는 아직 눈이 그대로 쌓여 있는데 사과나무는 이미 전정이 끝났다. 글 쓴다는 핑계로 겨우 하루쯤 손을 보탰을 뿐, 거의 아버지 혼자 전정을 마쳤다. 한창 일할 아들 대신 늙으신 아버지가 더 일을 많이 하니, 혼자 생각해도 부끄러워 얼굴이 붉어진다.

어쨌든 시원하게 전정을 마친 사과나무는 보기가 좋다. 누군가의 표현대로 근육이 울퉁불퉁한 역도선수를 닮은 게 사과나무다. 요즘은 밀식재배를 하기 때문에 나무가 그리 크지 않고 뿌리도 약하지만 원래 사과나무는 아주 억세고 튼튼한 뿌리를 가졌다. 아무리 힘이 센 사람도 사과나무는 뽑지 못한다고 한다. 나무도 아주 야물어서 불을 때 숯불을 화로에 담으면 참나무보다도 더 오래가는 것 같다.

사과밭을 한 바퀴 돌고 내처 복숭아밭도 돌아본다. 날씨가 많이 풀려 양지바른 곳에는 발밑의 흙이 질척거리기도 한다. 그래도 지난주까지 몰아쳤던 매서운 추위가 걱정이다. 복숭아나무는 기온이 영하 15도 이하로 내려가는 날이 사흘 연속 계속되면 동해를 입는다. 벌써 몇 해째 동해를 입고 겨우 살아남은 놈들이 이번 추위를 이겨냈을지……. 어차피 3월 중순이나 되어야 알 수 있을 터이니 미리부터 근심해본들 소용이 있을 리 없다.

집으로 들어와 인터넷을 켰다가 시간 가는 줄 모르고 몇 시간을 흘려보냈다. 말로만 듣고 아직 보지 못했던 뉴스타파라는 인터넷 뉴스를 보다 시간이 후딱 가버린 탓이다. 정권의 나팔수가 되어버린 텔레비전 뉴스에 질렸다가 오랜만에 제대로 된 뉴스를 보니 속은 좀 시원하지만, 또 이렇게 된 세상이 한심스럽기만 하다.

이틀 동안 혼자 집 지키며 밀린 글을 쓸 계획이었는데, 영 글은 손에 잡히지 않고 술 생각이 간절하다. 새해 들어 거의 끊다시피 멀리한 술이었다. 특별한 이유가 있어서는 아니었고 이명박 정부 4년 동안 괜히 울화가 치밀어 퍼마신 술에 손해 본 것은 결국 나라는 깨달음(?)을 홀연 얻었기 때문이다. 그리고 없는 힘이나마 정권 교체를 위해 정신 차리고 1년을 보내자는 갸륵한 결심도 한몫을 했다.

마음속의 갈등은 오늘만 한잔하자는 쪽으로 결론이 났다. 지나치게 원칙을 지키면 정권 교체에도 그다지 도움이 되지 않을 거라는 변명이 금주의 결심을 이긴 것이다. 냉장고를 뒤져보니 안주로 삼을 것이라곤 내가 싫어하는 삼겹살 한 팩이 들어 있을 뿐이었다. 물론 나는 안주가 없이도 술을 즐기지만 마침 배도 고파서 삼겹살을 굽기로 했다. 그런데 문득 사과나무가 떠올랐다. 사과나무 불에 고기를 구우면 훨씬 맛있다는 걸 나는 안다. 서둘러 마른 가지들을 주워 와 아궁이에 불을 지폈다. 사과나무를 태우면 푸른 불꽃이 일어나고 고기에도 은은한 향이 밴다. 후각이 민감한 사람들은 사과 향을 맡기도 한다.

불을 때며 한편으로 숯불을 꺼내어 석쇠를 얹고 고기를 구웠다. 아직 훤한 낮에 혼자 아궁이 앞에 앉아 삼겹살에 소주를 마시는 모습은 누가 봐도 한심하기 짝이 없겠지만 김장 김치를 곁들여 먹는 맛은, 한심하다는 비난을 충분히 감수할 만했다.

텅 빈 마을에서, 사과나무가 타며 수액을 내뿜는 소리와 푸르게 일렁이는 불빛만을 벗 삼아 나는 천천히 소주 두 병을 비웠다. 취한 하늘에서 하나둘 별이 떠오르고 조금 외롭다는 생각이 스치기도 했지만 방으로 들어간 나는 오랜만에 백지 위에 연필로 시 한 편을 쓰기 시작했다. 사과나무에게 무언가 고맙다는 말을 해야만 할 것 같았다.

사다리를 생각함

아침에 일어나면 무릎이 시큰거린다. 때로는 오금이 펴지지 않아 한참씩 애를 쓰다가 일어나곤 한다. 작년만 해도 그렇지 않았고 아직 관절을 염려해야 할 나이도 아닌지라 은근히 걱정이 되기도 한다. 물론 요즘 들어 부쩍 무릎이 아픈 것은 사다리 타는 게 일이기 때문이다. 열매솎기를 하고 봉지를 싸느라 1년 중 제일 바쁜 때가 이즈음이고 하루에도 수백 번씩 사다리를 오르내려야 한다.

다른 과수원과 마찬가지로 우리 집에도 높이가 서로 다른 여섯 개의 사다리가 있다. 가벼운 알루미늄 소재로 만들어진 사다리는 마치 지게 작대기처럼 외발로 지탱하도록 되어 있어 스스로 삼각형 모양으로 선다. 그런데 과수원이라는 곳이 대개 평지가 아닌 비탈이 많고 바닥도 고른 것이 아니어서 자칫 사다리를 잘못 놓고 올라갔다가 중심을 잃고 쓰러지는 경우가 꽤 있다. 사다리에 올라선 채 양손으로 일을 해야 하므로 몸의 중심을 잡기가 쉽지 않고 사다리를 옮기는 번거로움을 덜기 위해 먼 곳의 가지까지 손을 뻗다가 사고가 나곤 한다. 일단 사다리가 넘어가면 그야말로 속수무책이다. 기껏해야 나무를 붙잡아 떨어지는 속도를 줄이는 것 정도다. 운동신경이 떨어지는 노인들은 큰 사고로 이어지기도 한다. 어머니는 재작년에 사다리에서 떨어져 손목이 부러졌고 아버지는 올해 전정을 하다 갈비뼈가 부러지는 낙상을 당했다. 나는 아직 큰 부상을 당한 적이 없지만 언젠가 사다리란 놈에게 한 번은 당할 것 같은 불길한 예감은 늘 가지고 있다.

과수원 일은 전정이나 열매솎기, 봉지 씌우기, 수확까지 사다리를 제 몸의 일부처럼 달고 하는 일이다. 헐수할수없이 사다리를 타기는 하지만 사실 나는 사다리를 몹시 겁낸다. 어린 시절 내 고향에서는 담배 농사가 흔했다. 요즘은 어떤지 모르지만 그 시절에는 잎담배를 따서 새끼줄로 길게 엮은 다음 건조실에서 장작불을 때 말렸다. 그런데 건조실은 흙벽돌을 찍어 어떻게 그런 높이까지 쌓았는지 의심스러울 정도로 까마득히 높았다. 새끼줄로 엮은 담뱃잎을 천정에서부터 차례로 매다는 작업은 당연히 사다리를 타야 했다. 사다리 역시 까마득히 높았다. 칠팔 미터는 족히 될 나무 사다리를 벽에 걸친 채 무거운 생담뱃잎을 지고 오르는 마을의 어른들을 보며 나는 생의 고단함을 얼핏 느끼곤 했다. 게다가 마을의 어느 청년은 건조실 사다리에서 떨어져 다리가 부러지기도 했다.

목발을 짚고 절룩거리는 그의 모습과 높디높은 사다리는 내게 고행의 이미지로 남았다.

평범한 사람이 사다리를 타는 일은 별로 없을 것이다. 거개가 아파트에 사니 지붕에 올라갈 일도 없고 마당가 감나무의 홍시를 따려고 사다리를 찾는 아이들도 없을 터이다. 하지만 여전히 사다리는 도처에서 위력을 발휘한다. 일요일마다 아파트 주차장에 위용을 드러내는 거대한 고가 사다리가 그렇고 특히 공사 현장에서는 변형된 사다리라 할 수 있는 거푸집이 그러하다. 내가 모르는 많은 현장에서도 사다리들이 건장한 두 다리를 뽐내리라.

노동자 시인 최종천은 사다리를 '死다리'로 표현한 적이 있다.

영철이는 사다리를 내려오다가 가버렸다
다리는 건너갔다가 돌아오기 위해 있는 것인데
2005년 산재 당국에 의하면
하루에 8명 정도가 사다리를 건너간 후 돌아오지 않는다고 한다
　　　　　　　　　　　　　　　－최종천 「죽음의 다리를 건너는 법」 일부

여러 해 전에 발표한 시지만 사다리를 건너가 돌아오지 못하는 영철이들은 아직도 적지 않을 것이다.

내일도 모레도 나는 사다리를 타야 한다. 나보다 낙천적인 아내는, 하루에 한 번씩 월악산 등산하는 셈 치자고 한다. 심사가 모

진 나는 웃는 대신 모진 말로 받는다.

"등산은 하다가 무릎 아프면 내려오기나 하지, 사다리에서 내려오면 농사 말아먹자고?"

아귀도 맞지 않는 말을 내뱉은 건, 아무래도 아버지의 뒤를 따라 나도 언젠가 인공관절 하나쯤은 해야 할 것 같은 기분 나쁜 예감 때문이었다.

도원에 이는 티끌

아직 안개가 걷히지 않은 이른 새벽, 소연 방주를 앞세운 소연문파
다섯 여인이 '도락구'라 불리는 철마를 타고 도착한다. 오늘은 도
원에서 벌어지는 봉지 씌우기 대회전 둘째 날이다. 각기 무공을 펼
치기 편한 옷을 입은 여인들은 오랜 세월 햇살과 바람으로 단련되
어 얼핏 나이를 짐작하기 어렵다. 대충 오십에서 칠십에 이르렀으
나 서로 편하게 말을 놓는다.

이들은 먼저 정신을 맑게 해준다는 코피탕을 한 주발씩 들이켜
고 커다란 주머니가 달린 요대를 허리에 찬다. 정체를 감추려는 듯
머리에는 얼굴과 목덜미까지 가리는 기이한 투구를 쓴다. 그리고
는 곧바로 전장의 한가운데로 뛰어든다. 위엄을 뽐내며 은빛 섬광
을 내뿜는 사다리 하나씩을 기본 무기로 들었다.

나이가 가장 어린 소연네가 방주의 지위에 오른 것은 역시 그

녀가 익힌 삼천장법 덕분이었다. 보통 이천장법 정도의 수련을 쌓으면 해마다 벌어지는 도원의 전투에 초빙되거니와 그녀가 펼치는 삼천장법은 문파의 여인들조차 혀를 내두를 정도다. 더구나 특별히 사사한 스승도 없이 홀로 수련하여 그런 경지에 이르러 이웃 마을의 적대 문파에서 시기하는 말을 퍼뜨리기도 했다. 즉, 그녀의 삼천장법은 내용이 부실하여 바람이 세차게 불면 분분히 떨어지고 만다는 모함이었다. 하지만 여러 해에 걸쳐 그녀의 신공을 겪어본 바로 전혀 근거 없는 말이었다.

따가운 햇살이 도원에 퍼지고 소연 방주는 사다리에 높이 올라 오직 진군, 진군을 외치고 독려한다. 고작 천팔백장법 정도에 머무는 나로서는 그저 감탄하며 부지런히 손을 놀릴 뿐이다. 눈으로는 비급의 한 자락이라도 익힐까 하여 방주의 현란한 몸놀림을 흘깃거린다. 과연 그녀는 다른 이들이 흉내 내지 못하는 여러 행공을 펼친다. 사다리와 나무를 번갈아 타고 오르는가 하면 발을 딛지 말라는 엄중한 경고가 쓰인 사다리 맨 위에, 그것도 한 발로 올라설 때는 내 손에 땀이 흘렀다. 그리고 아, 구순신공! 허리에서 빼어든 10여 장의 봉지를 입에 물고 입술을 움직여 번개같이 한 장씩 빼내는 솜씨는 가히 신기라 할 만했다. 봉지에는 사악한 자들이 약제를 발라놓았기 때문에 입에 문다는 것은 보통의 내공으로는 어림도 없는 일이다. 호흡을 멈추고 단전으로 운기하는 경지에 이르러 금강불괴를 이룬 다음에야 행하는 초식이었다.

방주는 내게 풍악을 울리라고 명한다. 진즉에 알아서 울려야 했는데 미처 잊고 있었다. 나는 즉시 전축에 방주가 애호하는 트로트 메들리 카세트테이프를 넣는다. 도원에 간드러진 여인의 노래가 가득하니 문파의 모든 이들이 흥겨워하며 때로는 합창을 이루기도 한다. 전투도 즐겁게, 라는 소연문파의 계율은 엄격하기 짝이 없다.

점심을 먹은 다음, 빠진 진기를 보충하기 위해 여인들은 일제히 원두막에 누워 하늘과 땅의 기운을 모은다. 방주는 또다시 뒤통수를 대면 곧 코를 곤다는 놀라운 비급을 선보인다. 아, 나는 언제나 저런 경지에 이르려나.

다시 냉코피탕으로 정신을 맑게 한 후 도원으로 짓쳐들어 간다. 햇볕은 태울 듯 뜨겁게 내리쬐고 복숭아는 제 몸의 털을 날려 재채기와 가려움 공격을 해댄다. 땀까지 눈으로 들어가자 일종의 분노에 사로잡힌 전사들이 더욱 맹렬하게 초식을 펼친다. 방주는 도원에서 맥이 끊겼다는 한손비기까지 선보인다. 현란하게 손가락을 놀려 한 손으로 봉지를 싸는 것이다. 나는 탄복하여 입을 다물지 못한다. 더위 탓에 오후에는 얼음 띄운 수박화채와 먹는 순간 깊은 숲 속으로 옮긴 듯 시원하다는 아이수구림(我移水九林)이 연이어 올라온다.

문파의 무공은 작년보다 훨씬 높아져 사흘로 예상했던 전투를 이틀 만에 끝내버렸다. 언제나 그렇듯 소연문파의 완벽한 승리였고 나로서도 대만족이었다. 이틀 동안 치른 전투에 대한 은자 10만 냥씩을 챙긴 전사들이 다시 철마에 올랐다. 소금 땀에 절고 검게 탄 그녀들을 향해 나는 깊게 허리를 꺾었다. 도원에 자욱하던 티끌이 시나브로 가라앉고 있었다.

비
오
는
날
의
넋
두
리

장마가 시작되었다. 고온과 가뭄에 푸성귀며 나무가 목말라할 즈음에 적당히 비가 내리신다. 부지깽이도 들썩인다는 사오월이 가고 농촌에서는 요즘이 망중한이다. 과수원 역시 봉지 씌우기가 끝나면서 딱히 바쁜 일이 없다.

아침부터 내리는 빗소리를 들으며 혼자 집을 지킨다. 부모님은 서울 동생 집에 다니러 가고 아이들은 벌써 몇 년째 시내로 나가 학교에 다닌다. 빈둥거리며 텔레비전을 두어 시간 보았더니 머리만 더 무거워진다. 한동안 미국 수사드라마에 꽤 몰입했던 적이 있다. 치밀한 디테일과 의외의 범인이 등장하는 전개가 소설 쓰기에 도움이 될 듯해서였다. 줄잡아 100여 편은 보았던 것 같은데 이제는 그도 시들해졌다. 뉴스만 해도 그보다 더 실감 나는 사건을 매일 전해주니 말이다.

찬밥 한 덩이로 점심을 때우고 뒷방으로 와 빌려 온 책을 읽는다. 명성만 들었지, 읽어보지 못한 비숍 여사의 책『조선과 그 이웃 나라들』이다. 장을 넘길 때마다 감탄이 절로 나온다. 19세기 말 조선 사회를 세밀화처럼 그려놓았다. 당대의 어느 조선인 문사가 이토록 꼼꼼하게 박물학적 지식으로 그 시대를 기록했던가. 널리 인용되는 황현의『매천야록』이 집 안에 앉아 먼 산을 그린 것이라면, 이 책은 숲 속에 들어가 나무 한 그루, 풀 한 포기까지 놓치지 않고 스케치한 것이다. 물론 계몽과 이성이라는 서구 이념이 지식인들을 광적인 인문주의로 치닫게 하던 시대이고, 그 안에 어쩔 수 없이 제국주의라는 그림자가 어른대지만 그녀가 그려놓은 백성들의 삶은 여러모로 곱씹어볼 만했다.

한 달 넘게 서울에서 영월까지 나룻배를 타고 여행하는 과정은 그 자체만으로도 감동적이었다. 영국왕립학회 회원이었던 그녀가 기록한 내용은 책보다 몇 배는 많은 분량이었다. 그녀와 같은 수천, 수만의 지식인들이 쌓아올린 지식이 서구 인문학의 기반을 이루었을 것이다. 당시 서구에서는 이미 조선을 중점적으로 다루는 잡지가 출간되고 있었다. 우리는 어떠했던가, 참담한 느낌이 일 정도였다.

소금 간만 하여 밀가루를 묽게 반죽한다. 팬에 얇게 반죽을 펴고 그 위에 김장 배추를 길게 찢어 얹는다. 다시 반죽을 조금 더 입혀 김치가 약간 탈 정도로 부쳐낸다. 가장 손이 가지 않는 속성 안주다. 부침개 두 장과 오이, 풋고추에 소주 두 병을 쟁반에 받쳐 들고 원두막에 오른다. 찌푸린 날씨 탓에 아직 7시 전인데도 어스레하다.

사람이 올 리 없고 새들도 깃을 접고 어딘가에서 비를 피하리라. 빗소리만 고즈넉한 원두막에 앉아 술잔을 기울인다. 평화로운한때, 호젓하면서도 외롭다. 잔뜩 물을 머금은 며느리밥풀꽃은 땅에 닿도록 고개를 숙였고 아무도 따 먹을 이 없는 앵두는 바닥이 붉게 떨어진다. 가늘고 여리고, 이내 지고 마는 것들이 자꾸만 눈에 들어온다. 까투리를 따라 한 줄로 밭을 가로지르던 꿩병아리들, 한쪽 다리를 절룩이던 아이, 몹쓸 병마에 스스로 숨을 거두어버린 고향 친구……. 술기운이 오를수록 사는 게 자꾸 꿈결 같다. 흔한 비유처럼, 누군가가 꾸는 꿈속에 내가 들어와 있는 것은 아닐까. 매트릭스라던가. 현실에서 일어날 것 같지 않은 일이 거듭 일어나서 그런가 보다. 하긴 쥐조차도 이 아무개라는 이름을 얻었다니 무슨 일인들 일어나지 않으랴.

촛불을 밝혀도 거센 빗줄기에 물것조차 달려들지 않는다. 소주 두 병을 거의 비울 무렵 전화가 울린다. 술꾼에겐 아직 이른 시간인데도 전화한 친구는 혀가 꼬인다. 연해 내 이름을 불러대더니, 세상이 왜 이러냐를 끝으로 끊기고 만다. 지하철을 타고 퇴근 중이라는 친구의 목소리에 남은 한 잔을 마신다. 이어 또 전화가 울린다. 칠순이 멀지 않은 어르신 소설가다. 역시 잔뜩 취한 음성으로 울분을 토한다. 곳곳에서 가뭄 끝에 오는 빗줄기를 견디지 못하고 술을 마시는 이들이 숱한 모양이다.

　나 역시 아무래도 한 병을 더 따야 할까 보다.

감
자
캐
는
날

장마가 잠시 그친 틈을 타 감자를 캐기로 한다. 이미 하지가 지나
잎과 줄기가 말라버렸는데도 차일피일 미룬 것은 아이들을 위해서
였다. 명색이 농군의 자식들인데 시내로 나가 학교에 다니느라 호
미 한 번 쥐어볼 새가 없었다. 하여 주말로 날을 잡아 감자라도 캐
게 할 요량이었는데 자꾸 비가 오락가락하여 더 미룰 수가 없었다.

　텃밭에 고작 서너 이랑 일구어 심은 감자라 별 품이 드는 일은
아니었다. 그래도 구색은 맞춘다고 자주감자도 조금 심었더랬다.
먼저 마른 줄기를 뽑기 시작했다. 줄기에 딸려 올라오는 조그만 감
자알들을 떼어 밭가에 던져두고 비닐을 걷는다. 요즘은 무얼 해도
다 검은 비닐을 씌운다. 고추나 깨, 고구마도 마찬가지다. 풀이 나
지 않고 습기를 잘 보존하기 때문이다. 그런데도 비닐은 잘 벗겨지
지 않고 자꾸만 찢어진다. 용케도 비닐 틈을 뚫고 난 바랭이며 쇠

비름 따위 풀들이 엉겨 붙은 탓이다.

부모님들과 본격적으로 한 골씩을 잡아 감자를 캐기 시작한다. 무릎이 아픈 부모님이야 오래전부터 엉덩이에 깔개를 붙이지 않으면 앉은 일을 못하지만 올해는 나도 결국 깔개를 차야 했다. 줄을 허벅지에 매어 일어서도 엉덩이에서 떨어지지 않게 만든 간이 의자인데 영 폼은 나지 않는다.

장마 탓에 땅이 물러 호미 대기는 수월했지만 감자에 흙이 많이 붙어 털어내는 수고는 더한다. 씨알은 시장에서 파는 것처럼 굵진 않아도 보통 계란만은 하다. 요즘에는 감자나 고구마 같은 구근류에도 성장을 촉진하는 영양제를 뿌린다. 나야 집에서 먹을 요량으로 조금씩 하니까 씨만 심어놓고 별로 신경을 쓰지 않는다. 그래도 감자는 꽤 볼 만한 꽃을 피우는 족속이라 꽃 필 무렵이면 자주 눈길을 주는 편이었다. 거기에는 어린 시절의 추억 한 자락도 깔려 있었다.

일제강점기에 권태응(1918-1951)이라는 시인이 있었는데 그의 대표작인 「감자꽃」은 꽤 유명한 시다. 마침 그가 내가 사는 충주 출신이라 탄금대 공원에 시비를 세워놓고 해마다 그를 기리는 문학 행사도 펼쳐진다. 내가 초등학교에 다니던 수십 년 전부터 하던 행사인데 나는 그때마다 버스로 한 시간이나 달려가 백일장에 참가하곤 했다. 수업을 빼먹는 재미는 쏠쏠했지만 차멀미가 심했던 내게 비포장길을 오가는 일은 고역이었다. 그리고 입선을 놓칠 때면 비석에 쓰인 시를 보며 도대체 시 같지도 않은 시를 뭐라고 이 난 리냐고 속으로 툴툴거리곤 했다.

자주 꽃 핀 건 자주감자
파 보나 마나 자주감자

하얀 꽃 핀 건 하얀감자
파 보나 마나 하얀감자
　ー권태응 「감자꽃」

이 단순하고 짧은 시의 아름다움을 깊이 느낀 것은 그로부터 십수 년의 세월이 더 흘러서였다.

한 시간도 채 안 되어 캔 감자는 40킬로그램 정도였다. 햇빛 보지 않게 잘 간수하고 먹으면 몇 달은 갈 반찬거리다. 옛날에 살던 고향 마을에서는 하지가 지나야 모내기를 하였다. 논에서 마늘을 캐내고 심기 때문에 그리 늦는 것인데 해마다 남한강 물이 범람하여 땅을 기름지게 만들어 가능한 일이었다. 모내기를 하는 날이면 보통 오후 참으로 찐 감자와 국수를 냈다. 푸지게 찐 통감자를 들기름 두른 가마솥에 소금 간을 해서 노릇하게 볶아내면 논물에 불은 손으로 다들 잘도 먹었다. 솥바닥에 눌어붙은 감자누룽지는 얼마나 맛났던가.

옛 생각에 젖어 씨알 굵은 놈으로 자루를 채워 시내로 나갔다. 아내와 앉아 껍질을 벗기고 아이들 올 시간에 맞춰 감자를 찌고 프라이팬에 달달 볶았다. 애들 입맛에 맞게 설탕도 치고 일부러 누룽지를 만들어 따로 긁어도 놓았다. 성대한 만찬이라도 준비한 듯 의기양양했는데, 맛을 본 아이들 기색은 영 마뜩찮아 보였다. 맛있다, 를 연발하는 내가 오히려 이상한 모양이었다. 결국 나 혼자 밥 대신 감자 열댓 개를 소주 두 병과 더불어 배 두드리며 먹고 말았다.

은행나무 두 그루

마당 한 귀퉁이에 그루터기가 생겼다. 한동안 마음이 아파 잘 쳐다보지도 않았는데 요즘은 자주 앉아서 시간을 보내기도 한다. 오랫동안 그 자리에 있던 은행나무가 베어지고 남은 그루터기다. 나이테를 세어보니 서른 살도 넘은 나무였다. 그러니까, 내가 이사 오기 훨씬 전부터 그 자리를 지키고 있었다. 두 팔로 감싸도 여러 뼘이 남던 아주 굵은 은행나무였다.

 지난겨울, 두 달간 집을 떠났다가 돌아와 보니 우람했던 은행나무가 사라지고 없었다. 나무가 있던 자리에 들어선 텅 빈 공간이 서럽도록 낯설었다. 여름이면 그늘을 지어주고 가을이면 은행잎을 융단처럼 깔아주던 나무였다. 짐작은 하면서도 아버지에게 따지듯 물었더니, 목공예를 하는 사람이 베어 갔단다. 하지만 주인의 허락 없이 남의 마당에 있는 나무를 베어 갈 사람이 어디 있겠는가.

아버지는 오래전부터 자꾸만 무성해지는 은행나무를 탐탁지 않게 여겼다. 어디서 비롯된 믿음인지 모르겠지만, 집 앞을 큰 나무가 가리면 집안에 좋지 않은 일이 생긴다는 거였다. 처음엔 그저 그러려니 했는데 언젠가부터 은행나무를 베어야겠다고 주장하기 시작했다. 나는 펄쩍 뛰었다. 딱히 잘되는 일도 없지만 특별히 나쁜 일이 생기지도 않았는데 그 큰 나무를 벨 수는 없다는 게 나의 강력한 주장이었다. 아버지는 아버지대로 사소한 일만 생겨도 애꿎은 은행나무 탓이었다. 그렇게 부자지간의 긴장 속에서 연명하던 은행나무가 기어이 변을 당했던 것이다.

16년 전에 처음 귀농을 했을 때, 논과 밭이었던 땅에 눈에 띄는 나무 네 그루가 있었다. 크고 잘생긴 은행나무와 잣나무 두 그루씩이었다. 은행나무는 전봇대 하나 정도 거리를 둔 채 마주 보고 있었는데 첫눈에 보기에도 암수 한 쌍이었다. 수나무는 가지가 위로 뻗치고 암나무는 옆으로 벌리기 때문에 단박에 알 수 있는 게 은행나무다.

암나무에는 어찌나 많은 은행이 열리는지 가을에 따서 거둔 것을 이듬해 가을까지 두고 먹을 정도였다. 나무 주변에 넓게 비닐 멍석을 깔고 올라가서 가지를 흔들면 우박처럼 쏟아진 은행이 수북하게 쌓이곤 했다. 아이들까지 동원해 은행을 줍는 일은 해마다 벌어지는 즐거운 행사였다. 그런데 암나무는 이번에 베어진 나무보다 3년이나 먼저 잘렸다. 밭을 과수원으로 만들면서 은행나무가 과수원 가운데를 차지하게 된 탓이었다. 처음에는 잘 몰랐는데 복숭아나무가 크면서 은행나무 주위에 달린 복숭아는 잘 크지도 않고 쉽게 떨어지고 말았다. 은행나무가 점점 크면서 그늘에 가려 햇빛을 보지 못해서였다. 몇 해를 지켜보다가 결국 은행나무를 베기로 했다. 복숭아나무를 자를 수는 없으니까, 어쩔 수 없는 결정이었다.

다른 쪽 밭머리에 있던 잣나무 한 그루도 똑같은 운명을 맞았다. 새들이 둥지를 틀고 다람쥐들이 연해 오르내리던 잣나무를 베면서 나는 자꾸만 손이 떨렸다. 그렇게 해서 두 쌍의 나무는 각기 짝을 잃었다. 잣나무야 짝이 없어도 해마다 잣이 달리지만 은행나무는 그렇지 않다. 나는 암나무를 한 그루 사다가 맞은편 산비탈에 심어주었다. 어서 자라 은행이 달리길 바라는 마음은 조금도 없었고 그저 혼자된 수나무가 안타까워서였다. 물론 그거야 혼자 찧고 까부는 사람의 마음일 뿐이고 그 후에도 수나무는 열심히 가지를 뻗고 잎을 키워 풍성한 그늘을 드리웠다. 그 아래 평상을 놓아 땀을 식히고 찾아온 벗들과 막걸리를 나누기 얼마였던가.

나이테를 드러낸 그루터기는 믿기지 않을 정도로 뽀얗고, 앉으면 편하다. 해질녘이면 한참을 앉아 어두워지는 하늘을 바라본다. 아낌없이 주는 나무가 마지막에 주는 게 그루터기였던가. 귀농이랍시고 와서는 먼저 자리 잡았던 애꿎은 나무를 세 그루나 열반에 들게 했으니 이 죄업을 어찌하려나.

아
우
를
위
하
여

점심을 먹고 쉴 참에 옥수수를 꺾는다. 첫물이라 잘 여문 것이 별로 없다. 스무 통 남짓 따서 겉껍질을 대충 벗기고 속껍질 두어 겹은 그대로 남긴 채 비닐봉지에 담는다. 캐놓은 감자며 마늘, 대파, 풋고추까지 사과 박스에 꽉 들어차게 채운다. 불볕이라 그깟 일에도 땀이 쏟아진다. 그래도 1년에 몇 차례 동생네에게 부쳐주는 농산물을 챙기는 일은 즐겁기만 하다.

　내게는 일곱 살 터울의 아우가 있다. 그 사이에 여동생이 하나 있었는데 일찍 세상을 떴다. 워낙 나이 차이가 많이 나는 동생이다 보니 어려서부터 퍽이나 귀여워했다. 어머니가 동생을 낳을 때 혼절했던 기억도 생생하다. 아우는 나를 아주 많이 따랐다. 나 역시 어린 동생을 데리고 산과 냇가로 뛰어다니며 놀았고 언젠가 장마가 지나간 남한강가에서 엄청나게 많은 고기를 잡아 마을잔치를 한 적도 있다. 나이 많은 형을 가진 여느 아우가 그렇듯이 동생도 나를 의지하고 때로는 대단한 형으로 오해하면서 어린 시절을 보냈다.

내가 고등학교를 멀리 떨어진 대처로 가면서 겨우 초등학생이 던 아우와 헤어지게 되었다. 자취를 하던 나는 두어 주일에 한 번 먹을거리를 가지러 집에 왔는데, 아우는 토요일이면 버스가 서는 곳까지 나와서 나를 기다렸다. 전화가 없던 시절이니 언제 어느 버스를 타고 온다는 기별도 없는데 어린 동생은 해가 기울도록 형을 기다리는 것이었다. 그리고 마침내 내가 버스에서 내리면 펄쩍펄쩍 뛰며 좋아서 어쩔 줄 몰랐다. 나 역시 꽤 큰 동생을 무등 태우고 집까지 오곤 했다. 집에 들렀다가 갈 때면 타낸 용돈을 쪼개 고사리 같은 아우 손에 조금씩 쥐여주었다. 헤어질 때마다 동생은 눈물이 그렁그렁했다. 고등학교 이후 내내 집을 떠나 있으면서 나는 늘, 아우가 보고 싶었다.

내가 귀농하고 난 후 서울에서 대학에 다니던 아우가 갑자기 결혼을 하고 싶다고 했다. 스물네 살 때였다. 늘 어린애같이 생각하던 아우가 여자를 데려와 결혼을 시켜달라고 해 적잖이 놀랐다. 하지만 데리고 온 여자가 너무나 마음에 들었다. 아직 이르다는 부모님을 설득하여 몇 달 만에 결혼식을 치렀다. 아우보다 한 살이 많고 당시에 직장에 다니던 계수님을 나는 지금도 아주 좋아하고 인간적으로 존경하는 마음조차 품고 있다. 그토록 진중하고 지혜

롭게 모든 일을 해나가는 여성을 나는 지금껏 계수님 외에 본 적이 없다. 학생이던 남편을 뒷바라지하여 졸업시키고 조카를 낳고 살뜰하게 살림해나가는 모습이 참으로 보기 좋다. 게다가 별 볼 일 없는 나를 세상에 하나뿐인 시아주버니라고 깍듯이 챙기니 이보다 더 좋을 순 없다.

가끔 동생네가 내려오면 술도 한잔씩 기울이며 이런저런 이야기를 나눈다. 아버지에 지아비 노릇을 착실히 해내는 아우가 든든하다. 계수님은 정치적으로도 아주 깨어 있는 분이라 가족 중에 나랑 코드가 제일 잘 맞는다. 아내와도 동서 아닌 자매지간처럼 잘 지낸다. 나는 내가 받은 제일 큰 복 중 하나가 계수님과 가족이 된 것이라고 생각한다.

아우는 내 큰딸이 태어나자 하도 예뻐해서 학교에 지각하기 일쑤였고 노상 애만 안고 물고 빠느라 공부마저 팽개칠 정도였다. 이제 고등학생이 된 딸에게 아직도 아기인 양 장난이 자심하고 아비가 주지 않는 용돈을 곰비임비 챙겨 큰딸은 늘 지갑이 두둑하다.

아우는 돈 안되는 농사와 소설에 매달려 사는 형을 한심하게 생각하지 않고 크나큰 도움을 준다. 큰 빚 지지 않고 사는 것도 아우의 공이 태반이다. 어린 시절에 내가 주었던, 몇 푼의 용돈을 아우는 수천수만 배로 내게 갚는다. 부끄럽고도 고마운 일이다. 나는 결코 고흐가 아니건만 아우는 테오가 분명하다.

푸성귀며 과일 등속을 보내주면 어김없이 계수님이 전화를 한다. 마트에서 사는 것과는 비교할 수 없게 맛나다고, 세 식구가 오순도순 둘러앉아 옥수수를 쪄 먹고 있는 중이라고 전해 오면 나 역시 마음이 그득 행복해진다. 그리고 비록 서울과 시골에 떨어져 살지만 나는 아우와 계수님과 조카가 사는 집 안을 환하게 떠올려보는 것이다.

네 번째 이야기

처서 어름

아
버
지
의
새

　내게는 농사일 없는 겨울이 제일 좋은 계절이지만 아버지에게는
그렇지 않다. 도무지 할 일이 없어 너무 심심한 것이다. 마을에 남
자보다 여자가 압도적으로 많다 보니 경로당은 밤낮으로 아주머
니들이 점령했다. 경로당이 작아서 남자가 있으면 아주머니들이
편하게 눕거나 마음껏 수다를 떨기에 불편하다. 결국 남자 노인들
은 제각기 집에서 시간을 보내는 수밖에 없다. 아버지는 마을 노인
회장을 맡고 있어 면 소재지에 나가면 어울릴 만한 분들이 많이 있
다. 문제는 아버지가 잡기를 전혀 하지 않는 데 있다. 흔한 바둑이
나 장기는 물론 화투장도 손에 잡지 않는다. 게다가 술 담배도 입
에 대지 않으니 남들과 어울릴 만한 계제가 별로 없는, 참 재미없
는 분이다.
　아버지가 완전히 일손을 놓는 것은 불과 두 달 정도다. 설을 쇠

면 곧 가지치기를 시작하고 내처 봄이 올 때까지 소소한 일거리라도 만들어 몸을 쉬지 않는다. 그 두 달 남짓한 시간도 못 견뎌 한다. 전에는 주로 책을 읽으시더니 올해는 눈이 더 나빠졌는지 책을 오래 붙들고 있지 못한다. 그러더니 언젠가부터 나무로 무언가를 깎기 시작했다.

"글쎄 해보긴 하는데, 될는지는 모르겠다."

스스로 미심쩍어 하면서도 아버지는 아침부터 끈질기게 칼과 톱으로 나무를 깎았다. 서서히 한 마리의 나무새가 모양을 드러내었다. 나는 아버지가 꽤 좋은 손 솜씨를 가지고 있다는 것을 안다. 산에서 낙엽송을 베어다가 손수 지은 원두막은 15년이 지난 지금껏 튼실하고 관상수를 가꾸는 솜씨도 아마추어치곤 수준급이다. 시골에 살면서도 굳이 갖가지 화분에 꽃을 기르고 개울에서 주워온 돌로 여러 개의 탑을 쌓기도 했다.

하지만 설마, 아버지가 목공예 쪽에도 솜씨가 있는 줄은 미처 몰랐다. 당신도 일흔이 훨씬 넘은 나이에 처음으로 도전한 분야였다. 당신 말로는 텔레비전에서 솟대라는 걸 보고, 저 정도면 나도 만들어볼 수 있지 않을까 해서 시작했단다.

첫 작품이 얼추 모양을 내자 아버지는 신이 나서 더욱 나무새 깎기에 매달렸다. 내가 컴퓨터에서 오리 사진 몇 장을 출력하여 샘플로 건네자 아버지의 작품은 일취월장으로 발전해갔다. 손재주가 없는 나로서는 신기한 일이었다. 도구라고는 자귀와 톱, 손바닥만 한 무쇠칼만 가지고 아버지는 끈질기게 나무를 깎아 새를 만들었다. 나무는 주로 수종갱신을 위해 베어낸 사과나무였다.

여러 모양의 새 작품들이 쌓이자 아버지는 산에서 장대로 쓸 긴 나무를 잘라다가 솟대를 세우기 시작했다. 집으로 들어오는 길 초입부터 10여 개의 솟대를 세웠다. 생각보다 근사했고 아이들은 조각가(?)로 변신한 할아버지에게 찬사와 박수를 보냈다. 더욱 힘이 난 아버지는 새를 깎는 틈틈이 손자를 위해 활과 화살에 도전했다. 대나무를 다듬고 불에 쬐어가며 여러 날 만에 완성한 활은 50여 미터를 날아가는, 거의 국궁 수준이었다. 신이 나서 산으로 사냥을 가겠다고 날뛰는 아들을 주질러 앉혀야 할 지경이었다.

솟대는 점점 늘어나 지금은 20여 개가 섰다. 마을 사람들이 보고는 감탄하며 마을 어귀에도 세워달라고 청을 하고 있다. 아버지는 그 정도 솜씨를 어찌 마을에 세우느냐고 사양하지만 싫지 않은 눈치다.

아버지가 심심한 겨울을 보낼 취미를 가지게 된 것은 여러모로 기쁜 일이다. 노년에 발견한 재능을 더 발전시키긴 어렵겠지만 나는 지금 세운 솟대만으로도 아버지가 예술작품을 남겼다고 믿는다. 단단한 사과나무로 깎은 나무새들은 아버지가 돌아가신 후에도 의연히 허공을 지킬 것이고 그것을 보며 나는 아버지의 삶을 기억할 것이다.

불행한 시대에 태어나 온갖 고초를 겪은 아버지가 마음속 깊이 꿈꾸었던 삶은 결국 한 마리 자유로운 새였는지도 모르겠다. 생의 저물녘에 서서, 날 수 없는 나무새를 허공에 매다는 아버지를 보며 나는 어쩔 수 없이 목이 메곤 했다. 그리고 불현듯 윤회가 믿고 싶어졌다. 그래서 훗날 아버지의 소원대로 하늘을 비껴나는 한 마리 새로 다시 태어날 수 있기를, 그믐밤 별빛을 향해 속마음으로 빌어주었다.

어떤
떤
감
동

얼마 전에 서울로 강연을 다녀왔다. 종로에 있는 '어머니학교' 라는 곳인데, 처음 강연 요청이 들어왔을 때 대체 나 같은 무명작가를 어찌 알았는지 적잖이 궁금했다. 나중에 알고 보니 전말은 이러했다.

　문화예술위원회에서 하는 문학나눔 사업 중 하나가 분기별로 선정한 문학 도서를 전국의 소외계층에게 무료로 나누어 주는 일이다. 어머니학교도 1년에 100여 권이 넘는 책을 받아 보는데, 대개 노년층인 학생들이 읽을 만한 게 거의 없었단다. 그러던 중에 농촌 이야기를 비교적 쉽게 쓴 내 소설을 읽게 되었다는 것이고 작가를 초청하여 이야기를 듣고 싶다는 의견이 나왔다는 거였다. 문학나눔 사업 중에는 여러 명의 독자들이 원하면 작가와의 만남을 주선하는 프로그램도 있는데 거기에 신청을 해 강연이 성사된 것이다. 내 책의 독자들을 만난다는 사실도 그렇고 프로그램에서 지원하는 강연료도 꽤 되는 편이라 나로서는 이래저래 기꺼운 자리였다.

미리 담당자에 알아본 바로는, 어머니학교의 학생은 오십 대 중반에서 칠십 대 후반까지 다양하며 모든 분들이 평생 한글을 모르고 살다가 늦게 글을 깨치기 위해 공부를 하는 중이라고 했다. 한글을 배워서 더듬거리며 처음 함께 읽은 책이 내 책이란다. 문득 알 수 없는 두려움 같은 게 밀려왔다. 서른 명 정도의 사람이 평생 처음 읽은 책이 내 책이라니.

강연은 3시부터였는데 1시쯤에 와서 함께 점심을 먹자는 기별이 왔다. 그렇지 않아도 두 시간의 강연이 짧다고 느꼈던지라 일찌감치 버스를 타고 서울로 향했다. 생각했던 것보다 환경은 꽤 열악해 보였다. 허름한 4층 건물의 꼭대기 층이고 장소가 비좁아 몇 개의 교실과 사무실을 오가는 통로가 서로 비끼지도 못할 정도였다. 점심도 교실에서 책상을 붙여놓고 차렸는데 음식은 진수성찬이었다. 저마다 집에서 한 가지씩 반찬을 가지고 왔다고 했다. 여느 노년의 여인네들과 다름없이 왁자지껄 목소리와 웃음소리가 높았다.

애초에 강연을 하려는 마음은 없었고 자연스럽게 이야기를 나누는 시간을 가지려 했다. 어머니들이 내 소설을 읽고 재미있었던 부분이나 궁금했던 것을 물으면 내가 대답하는 식이었다. 내 소설의 주인공이 칠십 대 노인이기 때문에 공감하는 바가 많은 것 같았다. 때로 등장하는 질펀한 성애 장면 이야기를 하며 교실 안이 웃음바다가 되기도 했다.

해를 넘긴 오래된 학생들은 이미 한글을 넘어 글쓰기 공부를 한다고 했다. 그런 분들이 어떻게 하면 글을 잘 쓸 수 있느냐는 질문을 했다. 그 답을 아는 사람이 있다면 누구보다 내가 먼저 가르침을 구할 판이니 조금 난감한 질문이긴 했다. 그래도 명색이 작가라는 자가 꿀 먹은 벙어리 흉내를 낼 수도 없어서, 어쩌고저쩌고 한참 주워섬기기는 했다. 대개 자신의 마음을 진솔하게 써야 한다는 둥의 이야기였다.

마지막 30분은 두 명의 학생이 쓴 글을 읽고 글쓰기 방법을 이야기하는 시간이었다. 칠십 줄에 들어선 한 학생이 자리에서 일어나 자신이 쓴 글을 읽기 시작했다. 학생이 읽는 글을 눈으로 따라가며 나는 그만 쥐구멍에라도 숨고 싶었다. 한글을 몰라 겪었던 기막힌 경험과 자신의 마음을 한 치의 꾸밈도 없이 쓴 글이었다. 어떤 미사여구도 없고, 받침과 띄어쓰기도 엉터리였지만 진정이라는 무거운 울림이 가슴으로 전해왔다. 힘겨웠던 삶의 갈피가 어떤 소설보다도 더 진하게 녹아 있었다.

글의 말미로 가면서 노년의 학생은 점차 울먹이기 시작했다. 손주가 쓴 편지를 처음으로 더듬거리며 읽던 날의 감격이 되살아나는 듯했다. 듣는 학생들도 여기저기서 훌쩍였다. 글을 깨우쳐준 젊은 선생님에 대한 감사로 끝을 맺자, 예쁘고 씩씩한 선생님이 뛰어가 부둥켜안고 함께 눈물을 흘렸다. 실로 오랜만에 보는 코끝 찡한 장면이었다.

오랜만에 독자를 만나러 갔다가 오히려 큰 감동을 받고 돌아왔다. 역시 감동은 가난하고 서러운 민중의 기억 속에 있었다.

처
서
어
름

아침저녁으로 제법 서늘한 기운이 스며든다. 지겹도록 내리던 비
도 이제는 한풀 꺾이는 모양이다. 예전 농촌에서는 처서 무렵이 한
가한 때였다. 어정칠월에 건들팔월이라 했으니 주로 벼농사를 짓
던 시절에는 칠팔월에 딱히 바쁜 일이 없었다. 나무 그늘에 앉아
한가로이 부채질을 하거나 천렵을 즐기는 여유를 가지는 것도 한
여름이었다. 들녘에서는 한창 벼 이삭이 패고 김장 씨를 넣는 것도
이 무렵이다. 하지만 나처럼 과수원을 하는 사람에게는 이즈음이
제일 바쁠 때다.

새벽이면 일어나 복숭아를 딴다. 엔진 소리도 요란한 운반차를
몰고 밭으로 가면 목덜미에 떨어지는 이슬이 차다. 딴 복숭아를 크
기별로 선별하여 박스에 담는 작업이 오전 내내 계속된다. 육칠십
박스 정도 작업을 하면 11시가 조금 넘고 새벽밥 먹은 배는 벌써

허기가 진다. 아내는 아침에 먹던 반찬에 찬밥으로 뚝딱 상을 차린다. 똑같이 일어나 내내 함께 일을 한 터에 찬밥 더운밥 가리고 반찬 타령이 가당할 리 없다. 호박, 가지, 오이에 열무김치로 밥을 비비고 들기름 한 숟갈 넣어 얼른 시장기를 면한다.

복숭아를 농협에 가져다주고 돌아오면 곧바로 사과밭에 매달린다. 며칠째 하고 있는 일은 사과 잎 따기다. 한 알 한 알마다 그늘을 드리우는 잎을 따주어야 골고루 색깔이 난다. 올해처럼 일조량이 턱없이 부족한 데다 추석이 이른 해는 색깔이 잘 안 나기 때문에 더욱 신경을 써서 잎을 딴다.

겨우 잎 따기를 마치고 오늘은 과수원 바닥에 알루미늄 호일을 깐다. 한쪽이 비닐로 코팅된 호일은 태양빛을 반사시켜 사과의 아랫부분까지 색을 낼 수 있게 한다. 예전에 알렉산더라는 전쟁광이 방패를 거울 삼아 적군을 물리친 것과 같은 이치인데 이 일은 참으로 고달프다. 넓은 과수원 전체에 호일을 깔려면 허리가 휘어지고 온통 땀으로 목욕을 한다. 더구나 오늘은 햇살마저 쨍쨍하다. 호일 위로 반사된 햇빛으로 인해 과수원은 순식간에 온도가 급상승한다. 악전고투란 가히 이런 일을 두고 이름이다.

대여섯 골을 연달아 깔고 나니 정신마저 혼미한데, 갑자기 아내의 표정이 심상치 않다. 어딘가에서 휴대폰을 떨어뜨린 것 같은데 신호가 가지 않는다는 거였다. 호일은 전파를 차단하기 때문에 그 속으로 들어가면 전화가 울리지 않는다. 이미 깔아놓은 호일을 걸을 수도 없어 그 위를 기어 다니며 손으로 더듬어 찾기로 했다. 땀이 비 오듯 흐르고 고작 한 골을 기어가곤 땅바닥에 벌렁 눕고 말았다. 두 살 이후로 그토록 긴 거리를 기어본 것은 처음이었다. 결국 세 골을 기며 더듬은 아내가 전화기를 찾았다. 하지만 그 여파로 한쪽 다리에 쥐가 나는 바람에 끝내 절반 정도밖에 일을 마치지 못했다. 내일 다시 호일을 깔 생각을 하니 이 밤이 새지 말았으면 싶기도 하다.

그렇게 보아서 그런지 과수원의 풀들도 기세가 꺾인 듯하다. 제초제를 쳐도 금세 새 풀들이 맹렬하게 올라오더니 역시 절기에는 당하지 못하는가 보다. 처서가 지나면 풀이 올라오지 않기 때문에 보통 처서가 지나야 무덤에 벌초를 한다. 지난해에도 추석 전에 너무 바빠서 벌초를 다녀오지 못했다. 충주댐에 수몰되어 섬처럼 남은 산에 남겨진 선대의 산소를 이태나 찾지 못했다. 차를 타고 선착장으로 가서 다시 배를 타고 오가야 하는 하룻길이다. 충청도 내륙의 후미진 곳에서 태어나 자란 내가 배를 타고 조상의 묘를 가게 될 줄을 어찌 알았으랴. 상전벽해라더니 사람의 손길이 미치면 그마저도 여반장이다.

여치며 쓰르라미의 울음만이 산중에 고요하다. 하루의 피곤이 노곤하게 밀려오는 시간, 봄에 담가놓은 송순주가 한창 익었을 터인데 아내는 이른 저녁부터 잠이 깊으니, 술상 보아줄 이도 없다.

하늘에는 별이 총총…….

가
슴
아
픈
이
웃

점심참이었다. 밥숟갈을 놓고 그늘을 찾아 담배 한 대를 끄는데 자
동차 하나가 털털거리며 우리 집 쪽으로 올라오고 있었다. 찾아오
는 이들의 차는 대개 눈에 익은데 낯선 차였다. 내처 올라오는가
싶더니, 오랫동안 비어 있는 아랫집 마당으로 들어서는 거였다. 마
당은 이미 풀이 무성하고 누가 심었는지도 모르는 호박 넝쿨이 뒤
덮여 있는지라 궁금하여 내려가 보았다. 차에서 내린 이는 놀랍게
도 칠수였다. 거의 8년 만에 본 칠수는 얼굴이 땀으로 뒤범벅이 되
어 내가 내민 손을 엉거주춤 맞잡았다. 벌초를 하러 왔다가 그저
둘러보기라도 할 양으로 들렀다고 했다. 몰라보게 마른 몸피에 머
리털이 희끗희끗한 사십 대 중반의 칠수가 낯설었다.

　　우리 집이 마을에서 외떨어지긴 했지만, 처음 이사 왔을 때에
는 삼사십 미터 정도 떨어진 이웃에 모자가 사는 집이 있었다. 바

로 칠수와 돌아가신 그의 어머니였다. 육십 대 중반이었던 그의 어머니는 귀가 어둡고 한쪽 다리를 몹시 절긴 했어도 일 잘하고 인정 많은 이웃이었다. 푸성귀건 산나물이건 뜯으면 반으로 나누어 우리 집으로 가져왔다. 농사거리가 많지 않던 그이는 우리 일을 마치 자기 일처럼 대가 없이 돕곤 했다.

갓 서른이던 칠수는 고물 트럭에 제철 농산물을 싣고 다니며 장사를 했다. 술 좋아하고 사람 좋은 칠수는 장사 수완은 그리 좋지 못해서 마당가에는 늘 팔다 남아 썩은 과일이며 야채가 냄새를 풍겼다. 어느 해 여름에는 참외 장사를 했는데 남은 것을 저녁마다 가지고 와 여름내 물리도록 참외를 얻어먹었다. 그때 막 말을 배우던 딸아이가 칠수 어머니를 '참외할머니'라고 불렀고 손주가 없는 그녀는 그 후로 참외할머니로 불렸다.

대개의 시골 총각이 그렇듯이 칠수도 살가운 성격이 아니어서 제 어미에게 정다운 말 한마디 건네지 못했다. 어미 또한 툭하면 술 먹고 운전하다가 동네 전봇대를 들이박곤 하는 아들이 곱게 보일 리 없었다. 게다가 귀마저 어두워 모자가 말다툼을 시작하면 우리 집에서도 생생히 들리곤 했다. 그래도 아침이면 어미가 해주는 밥을 달게 비우고 휘파람을 불며 장사를 가는 칠수가 나는 괜스레 정이 갔다. 틈나는 대로 소주병을 꿰차고 그의 집에 들러 잔을 나누곤 했는데 그는 불과 두 살 위인 나를 퍽 어렵게 대했다. 아마도 나의 오죽잖은 학벌 따위가 그에게 거리감을 주었던 듯하다. 그래도 자주 만나면서 정이 쌓여갔고 술김에 시내의 노래방까지 진출하여 형님 아우님 해가며 블루스를 땡긴 적도 있다. 어쨌거나 나로서는 좋은 술친구이자 이웃이었다.

그렇게 사오 년을 지냈는데 그의 어머니가 덜컥 세상을 떠나버렸다. 맹장이 터진 것을 모르고 미련스레 소화제만 먹다가 뒤늦게 수술한 것이 또 잘못되어 허망하게 가고 말았다. 병원이 아닌 집에서 치른 사흘간의 초상 기간 동안 나는 처음으로 멀리 시집간 딸과 아직 총각으로 인천 어디에서 일한다는 그의 형을 보았다. 명절에도 집을 찾지 못하다가 어미의 죽음으로 비로소 발길을 한 그네들의 삶이 묻지 않아도 신산하기 짝이 없었다.

칠수는 그 후 2년을 버티지 못하고 홀연히 집을 떠났다. 이웃으로 정을 나눈 내게도 한마디 말없이 사라진 거였다. 30년 넘게 어머니와 살던 집에서 홀로 밥을 끓이고 잠을 청하는 외로움이 얼마나 끔찍했을 것인가. 나는 연기처럼 사라진 칠수가 어디서든 잘 살아가기를 진심으로 빌었다. 짝을 만나 아이를 낳아 알콩달콩 사는 모습을 혼자 그려보기도 했다.

그런데 재작년에 칠수가 다녀갔다고 했다. 나는 보지 못했는데, 어머니의 무덤에 벌초를 하고는 갑자기 두 다리를 뻗고 꺼이꺼이 울더란다. 가슴이 먹먹했다. 혼잣몸으로 떠돌며 겪었을 세상살이의 고초가 눈에 보이는 듯해서였다.

잠시 집을 둘러보고 물 한 사발을 마신 칠수가 인사를 하고 차에 올랐다. 8년 전, 사라질 때 타고 떠났던 고물 경차가 힘겨운 듯 몸을 떨며 검은 연기를 내뿜으며 멀어져갔다.

참깨를 털며

추석 차례를 지내자마자 길이 막힌다며 아우는 곧장 떠나고, 오전
에 오락가락하던 빗방울도 이내 걷혔다. 곧 작업복으로 갈아입고
밭 귀퉁이로 향했다. 예전에는 명절날이면 절대 일을 하지 않았지
만 오갈 일가붙이도, 이웃도 없는 마당에 빈둥거리고 있기도 열적
은 노릇이었다. 물론 급한 일이 없다면 굳이 연장을 들고 나설 날은
아니지만, 밭가에는 베어서 초벌 턴 참깨가 그저 서 있던 것이다.

참깨가 늦어진 것은 봄에 심으면서부터 예견된 일이었다. 보통
검은 비닐을 두둑에 씌우고 깨 씨를 넣는데 쪼그리고 하는 일이라
여간 다리가 아픈 게 아니었다. 게다가 올해는 200여 평이나 참깨
를 심기로 하였다. 그런데 알아보니 편하게 서서 씨를 심는 방법이
있다는 거였다. 바퀴가 달린 둥근 통에 구멍이 뚫린 뾰족한 뿔이
여러 개 달린 요상한 물건이었다. 통 안에 깨를 넣고 두둑 위를 굴

려 가면 뿌리가 비닐을 뚫고 그 안으로 씨가 떨어지도록 만든 일종의 파종기였다. 속으로 쾌재를 부르며 몇 시간이나 걸릴 일을 단 30분에 해치웠다. 통에 연결된 막대를 잡고 굴리기만 하면 되니 편하기 이를 데 없었다.

그런데 아뿔싸, 닷새가 지나고 열흘이 지나도 싹이 트지 않았다. 가뭄에 콩 나듯이 드문드문 올라오기는 했지만 여지없는 실패였다. 힘 조절을 잘못하여 너무 깊이 씨가 심긴 탓이었다. 아버지는 깨는 제 몸만큼만 흙이 덮이면 된다고 하면서 처음부터 파종기가 미덥지 못했다고 뒤늦게 혀를 찼다. 결국 일일이 다시 심느라 남들보다 늦어졌다. 게다가 소출이 많이 나는 신품종이라고 해서 심었는데 키가 자가웃 넘게 자랄 때까지 꽃이 피지 않는 것이었다. 보통 참깨는 두어 뼘 정도가 넘으면 꽃이 피기 시작하여 대궁에 꼬투리가 생기기 시작한다. 그런데 이 신품종은 키만 멀쑥하게 두어 자가 큰 뒤에야 꽃이 피기 시작했다. 나중에 벨 무렵에는 사람과 키를 다툴 지경이었다. 그렇게 무성하고 키가 큰 참깨는 보다보다 처음이었다. 여전히 끝에는 꽃이 더풀더풀 피어 있어 벨 시기를 가늠하다가 또 늦어지게 되었고 바쁜 과수원 일에 밀려 추석 전에 겨우 초벌 타작을 마친 터였다.

마른 깻단을 거꾸로 들고 작대기로 터는데 우수수 떨어지는 참깨가 아이들은 신기한 모양이었다. 아이들에게도 각자 막대기를 쥐여주고 털게 하였더니 신나서 두드리는데 역시 김준태의 시「참깨를 털면서」에 나오는 그대로다. 늙으신 어머니는 살살 때려서 참깨만 떨어지는데 아이들은 세게 때려 꼬투리가 자꾸만 떨어진다. '아가, 모가지가 떨어져선 안 되느니라' 시의 마지막 구절이 금세 어머니 입에서 나올 것만 같다.

내게도 참깨에 얽힌 기이한 추억이 있다. 내 고향이 충주댐 수몰 지구가 되면서 사람들은 끽소리 못하고 정든 고향을 떠났다. 서슬 퍼런 전두환 시절, 내가 고등학교 1학년 때였다. 나라에서 주는 대로 보상금을 받고 떠났지만, 그나마 자기 땅이 없는 몇몇 사람은 가려야 갈 수가 없었다. 사람들은 떠났어도 정작 댐이 완공되어 물이 차기는 그 후로 삼사 년이 더 흘러서였다. 그 사이에 남은 사람들은 지천으로 남아도는 땅에 농사를 지었다. 어떡하든 돈을 마련하여 떠나야 한다는 절박감에 엄청나게 넓은 땅에 주로 심은 것이 참깨였다. 예나 지금이나 참깨는 값이 좋고 밑천이 덜 드는 농사였기 때문이었다. 영영 사라질 고향을 마지막으로 보기 위해 고향을 찾았을 때 온통 보이는 것은 들을 뒤덮은 깨꽃이었다. 집들이 무너지고 전기가 끊겨 괴괴하기만 하던 마을, 달빛에 눈이 부시도록 가득하던 흰 깨꽃이 나는 왠지 무서웠다. 산과 강은 그대로이건만 사람이 떠나간 마을은 참으로 괴기스러웠다. 참깨 대궁에 들러붙어 느리게 움직이던 손가락만큼 큰 맹충이라는 벌레도 소름이 돋게 했다. 이후로 한동안 고향을 생각하면 끝없이 펼쳐진 깨밭만 자꾸 떠오르곤 했다.

두어 말이나 나올 것으로 기대했는데 겨우 한 말이 될까 말까 다. 속담에 참깨 농사짓는 자식은 낳지도 말라는 말이 있어 의아했는데, 이제야 조금 이해가 간다.

부
음

추석이 지나고 일주일쯤 후에 휴대폰에 부음이라고 시작되는 문자 하나가 날아왔다. 우리 회원 누구누구로 시작되는 문자를 읽으며 나는 그 친구의 연로한 어머니가 돌아가셨다는 소식인 줄 알았다. 그런데 눈을 의심하게도 죽음의 당사자는 바로 그 친구였다. 문자를 돌린 모임의 회장에게 급히 전화를 했더니, 틀림없이 친구가 죽었다는 것이다. 놀랍고도 황망한 소식이었다.

죽은 친구는 오랫동안 나와 같은 모임을 이어가던 고향 친구였다. 나는 모임을 기피하는 못된 습성이 있어서 여하한 단체라도 이름을 걸고 가입하는 것을 몹시 꺼리는 편이다. 그래도 거의 30년이 되도록 회원으로 적을 둔 모임이 있는데 수몰된 고향에서 나고 자란 동급생들과의 만남이다. 고등학교 1학년 때 고향을 떠나며 만든 모임인데 지금껏 1년에 두 차례씩 정기적으로 만나 1박 2일을 보낸다. 물에 묻힌 고향의 뒷산에 장엄하게 서 있던 바위의 이름을 따 청벽회라 이름 지은 그 모임만은 아무리 무리 짓는 것을 싫어하는 나일지라도 평생 함께할 듯하다.

처음에 열네 명으로 시작했던 청벽회는 이제 열하나로 줄었다. 벌써 10여 년 전에 한 친구가 암으로 가고 또 하나가 교통사고로, 그리고 이번 친구는 생게망게하게 급성 비브리오 패혈증이라는 낯선 병으로 한순간에 이승의 연줄을 놓았다. 평소에 간이 좋지 않던 친구였는데 어패류를 날로 먹었다가 변을 당했다. 바다도 없는 내륙 한가운데 살면서 어쩌다 그렇게 되었는지 참으로 안타까웠다. 여럿이 같이 먹었는데 그 친구에게만 병이 퍼져 죽음에 이른 것은 역시 친구가 즐기던 술로 말미암아 간이 나빠진 데 원인이 있었다.

친구는 아홉 남매 중에 넷째였다. 그 시절에도 자식을 아홉씩이나 둔 집은 흔치 않았다. 더구나 집안 살림은 더없이 궁색하여 아침을 끓이면 곧 저녁 끼니 걱정을 해야 하는 지경이었다. 논밭이 없던 그의 집은 아버지가 방앗간의 우마차를 끄는 것으로 생계를 이어갔는데, 나는 김치 한 보시기와 간장 종지만 놓인 밥상에 우르르 몰려 앉아 새까만 보리밥을 볼이 미어지게 먹던 그 집의 끼니를 몇 번 본 기억이 있다. 초등학교를 졸업할 때까지 친구는 끝내 가방을 메어보지 못하고 보자기에 책과 양은 도시락을 싸 들고 다녔고, 십 리가 넘는 중학교를 아침저녁으로 걸어서 다녔다. 자전거

한 대도 사줄 형편이 안 되었던 것이다. 중학교를 졸업한 것으로 학교는 작파했고 수몰된 이후 이주한 곳에서 남의 땅을 빌어 농사를 지었다. 그러면서도 모임에는 잘 나왔는데 고등학생이 된 다른 친구들과 달리 일찍부터 술 담배를 입에 댄 그가 나는 부럽기도 하고 측은하기도 했다.

이십 대 중반에 그는 환경미화원이 되었고, 이후에 미화원이 정규직 공무원이 되면서 눈에 띄게 살림이 나아졌다. 가난 속에서도 탈 없이 자란 많은 남매들도 제각기 살림을 꾸리면서 유복한 집안이 되어갔다. 그의 아버지 칠순에 맞추어 집도 번듯하게 다시 지었고 한복을 차려입은 엄청난 수의 자손들을 보며 나는 부럽기 한량없었다. 아버지가 가진 게 없으니 형제가 많더라도 재산 다툼이 있을 리 없고, 가난한 밥그릇을 서로 당기던 추억으로 우애는 더욱 남달라 부럽지 않을 도리가 없었다. 친구도 가끔 시내에서 만나 식당이라도 가게 되면, 농사짓는 놈이 뭔 돈이 있느냐며 앞장서 밥값을 치르곤 했다. 마흔을 바라보는 늦은 나이에 어찌 인연이 닿았는지 나이도 어린 데다 복스럽기까지 한 경상도 아가씨를 만나 결혼도 했다.

결국 그를 이끈 사신은 어려서부터 인이 밴 술이었다. 새벽에 일을 나가는 미화원을 하면서 고된 노동을 아침부터 소주로 견디며 20여 년을 지냈던 것이다. 무쇠도 녹아날 그 세월을 어찌 사람의 몸이 감당했을 것인가. 친구는 이른 죽음을 예견했던 것일까.

이미 오래전에 자기가 죽으면 화장을 해서 뼛가루를 충주호에 뿌려달라고 했단다. 상가에 있는 동안, 그리고 화장터로 가는 내내 나는 친구 아내의 서러운 울음만 들었을 뿐, 복스럽던 그녀의 얼굴을 차마 한 번도 마주보지 못했다.

주
고
받
기

마늘 놓을 자리에 거름을 뿌리고 내려오는데 어머니의 전화기가 울린다. 한 마을에 사는 소연네다. 오후에 고춧대를 뽑을 작정이니 남은 이삭 고추를 따 가라는 전갈이다. 소연네는 올해 청양고추를 300평쯤 심어서 쏠쏠한 재미를 보았다. 전국적으로 탄저병이 기승을 부리는 바람에 고춧값이 전에 없이 좋았던 덕분이었다. 주로 풋고추로 따서 냈는데 무려 700만 원의 소득을 올렸다고 했다.

나도 청양고추 하나쯤 들어간 된장찌개를 좋아하고 게다가 간장에 삭혔다가 먹는 고추를 반찬으로 즐기는 터라 바구니를 들고 마을로 내려갔다. 이미 마을 사람 예닐곱이 고추를 따고 있었다. 밭에 들어서서 보니 아직 싱싱하게 매달린 고추들이 숱하게 많다. 언뜻 보아도 두어 물은 더 딸 수 있을 듯싶었다. 날마다 가을 햇살이 좋고 서리가 올 것 같지도 않은데 왜 서둘러 고춧대를 뽑으려는가 물었더니, 온 동네가 나누어 먹으려면 그 정도는 있어야 된단다. 평소에도 통이 큰 줄은 알았지만 따면 돈이 되는 줄 빤연히 알면서도 고추밭째 마을 사람들에게 내놓는 넉넉한 품새에 다시 한번 감탄했다.

올해도 고추를 두어 골 심었다가 여지없이 실패하고 말았다. 도무지 감당을 할 수 없게 병이 번져 열 근 남짓 말린 게 다였다. 식구가 많아 아껴 먹어도 고춧가루 40근은 있어야 하는데 가뜩이나 값이 비싸서 김장을 줄일까, 중국산을 섞어 먹을까 고심하던 차였다. 그런데 그제, 볼일을 보고 들어와 보니 문간에 열댓 근은 실할 고추 포대가 놓여 있었다. 묻지 않아도 소연네의 소행이 분명했다. 전화를 하니 예의 퉁명스런 목소리가 귓전을 울린다.

"올해 고추 농사 읎는 거 다 아는데, 쬐끔씩 노나 먹어야쥬."

고추 열댓 근이면 올해는 돈으로 쳐도 30만 원이다. 그냥 '노나 먹을' 양은 결코 아닌 것이다. 아무리 생각해도 고맙다는 말 한마디로 넘어갈 순 없어서 추석에 들어온 선물 중에 깡통에 든 햄 한 박스와 치약, 비누 나부랭이가 든 상자를 들고 답방을 했다. 추석이라고 따로 선물이 들어올 리 없지만, 아우가 특히 선물이 많이 들어오는 회사에 다니는 덕분에 20여 개나 쌓여 있던 것이다. 소연네는 펄쩍 뛰며 되로 주고 말로 받았다며 너스레를 떨었다. 그러면서 여름과 가을 내내 복숭아와 사과를 떨어뜨리지 않고 먹은 데 비하면 고추쯤은 아무것도 아니란다. 물론 나는 과일 작업을 하고 난

후 나오는 흠집짜리들을 거의 매일 마을회관에 가져다 놓았고 그 것을 동네 사람들이 나누어 먹는다. 나로서는 시장에 낼 수 없거나 내봐야 돈도 되지 않는 과일을 나누는 것이지만, 먹는 사람들은 또 그게 아닌 모양이었다. 시장에서 사 먹을 형편이 아닌 터에 늘 과 일을 입에 달고 사는 게 어디냐는 것이다.

돌이켜보니 올 한 해 역시 별것도 아닌 과일 나눈 덕을 나는 퍽 이나 크게 돌려받았다. 추석 밑에 쌀을 두어 말 가지고 온 집, 감자 를 큰 박스로 가득 나누어 준 할머니, 여러 집에서 나누어 준 가지 와 호박은 차고 넘쳐 서울 사는 아우네까지 부쳐주었다. 비싼 고구 마까지 공짜로 얻은 것만으로도 겨우내 구워 먹을 양이다. 실로 되 로 주고 말로 받은 사람은 나였다. 여러 해 되풀이되는 이 주고받 음을 겪으며 나는 작은 마음을 크게 받는 일이 얼마나 귀한 사람살 이의 덕목인지 조금씩 깨닫고 있다.

아내와 나는 오래전부터 부모님이 돌아가시고 아이들이 장성 하면 더 깊은 산골로 들어가 살 궁리를 하고 있다. 되도록 문명의 이기들을 멀리하고 사람들과도 떨어져서 호젓한 말년을 보내고 싶었기 때문이다. 아마 둘 다 사람에 대한 상처가 있었나 보다. 그 런데 요즈음에는 이 마을에서 평생을 살아도 괜찮지 않을까, 하는 쪽으로 조금씩 생각이 바뀌고 있다.

바구니로 가득 고추를 따서 밭머리로 나오니까, 소연네가 주스 한 병을 들고 나온다. 텃밭에 온 손님 대접이다. 햇살 따스한 가을

날, 밭머리에 앉은 늙은 아낙들의 웃음에 문득, 가슴이 아려왔다.
머지않아 사라질 풍경을 미리 보는 것 같아서.

조짐들

고등학교 1학년인 딸아이는 공부를 하다가 가끔 내게 도움을 청한다. 학원을 보내지 않아서 늘 혼자 공부를 하는데 내게 묻는 과목은 국어와 역사 정도다. 다른 과목들도 술술 가르쳐주면 오죽 좋으련만 나머지는 오히려 내가 가르침을 받아야 할 판이다. 어쨌든 내가 주로 관심을 두고 읽는 게 문학이나 역사에 관련된 책이다 보니, 그 두 과목은 그럭저럭 가르치고 있다.

시험을 코앞에 두고 밤늦게까지 공부하는 모양이 안쓰러워 옆에서 책을 뒤적이고 있는데, 아이가 자본주의와 사회주의를 알기 쉽게 설명해달라고 했다. 자주 나오는 용어이면서도 제대로 개념이 잡히지 않는다는 거였다. 문득 난감해졌다. 알기 쉽고 짧게 그 두 용어를 설명하는 게 쉬울 리가 없었다.

기억을 더듬어 설명을 해주다 보니 오래전에 공부했던 내용들이 조금씩 되살아났다. 생산을 위한 조건과 소유의 문제를 중심으로 개념 정리를 해주면서, 역사에 흥미가 많은 아이를 위해 잉여의 발생과 그에 따른 사회구성체의 변천까지 장광설이 되었다. 아이는 메모까지 해가며 눈을 반짝였다. 시험에 나올 만한 것이나 가르치라는 아내의 지청구가 무색하게 아이는 내 이야기가 흥미진진한 모양이었다.

내친김에 아예 제대로 정리를 해주어야겠다는 생각으로 양차 세계대전과 대공황, 케인즈주의에서 신자유주의까지 자본주의의 역사에 대해 정통(?) 유물사관의 입장에서 일대 강의를 하게 되었다. 재미있는 일화들을 곁들여 한 시간도 넘게 자본주의에 대해 설명한 다음, 사회주의에 대해서는 짧게 정리해주었다. 결론 삼아서 저 유명한 공산당 선언의 첫 줄, 하나의 유령이 유럽을 떠돌고 있다, 는 말을 소개해주며 책꽂이를 뒤져 먼지 쌓인 『공산당 선언』 책자를 찾아내었다. 아직 좀 어렵겠지만 꼭 읽어야 할 책이라는 내 말에 아이는 고개를 끄덕였다. 이야기를 하다가 열기에 휩싸여 책까지 건네주었지만, 해야 할 공부가 산처럼 쌓인 고교생 딸에게 『공산당 선언』을 권하는 아비가 그리 많을 것 같지 않아 조금 후회가 되기도 했다.

내가 철이 덜 든 아비이긴 해도 아무 생각 없이 아이에게 장광설을 푼 것은 아니었다. 요컨대 세상 보는 눈을 틔워주고 싶었다. 요즘 세상 돌아가는 모양새를 보면서 정녕 자본주의의 종말이 가까워지고 있다고 느끼는 사람은 나 혼자만이 아닐 것이다.

한계에 달한 금융자본주의와 그로 인한 유럽 국가들의 부도 위기, 소수 금융자본가에 대항하여 들불처럼 일어나는 저항운동을 보면서도 이 체제가 온전하게 지속되리라고는 도저히 생각할 수가 없다. 전 세계 900개 도시에서 사람들의 시위 행렬이 이어지고 있다. 1퍼센트를 위해 99퍼센트가 희생당하는 세계는 어떤 의미에서도 종말적이다. 험난한 과정이 있겠지만 나는 결국 금융이 국유화될 것이라고 믿는다.

지난 금융 위기 때 오바마가 파산한 거대 금융회사를 국유화하는 방안을 내었다가 집중 공격을 받은 적이 있었다. 결국 공적 자금을 투입했고 그들은 수혈받은 공적 자금을 순이익으로 계상했다고 한다. 이토록 파렴치하고 광란에 찬 금융자본의 행태를 뿌리 뽑으려면 금융을 국가기간산업으로 전환시키면 된다. 마치 물과 공기처럼 금융은 이미 모든 사람들에게 공공재처럼 되어 있지 않은가. 은행권이 100여 가지에 이르는 각종 수수료만으로도 수조 원의 이익을 올리고, 영세 상인들에게 가혹한 카드 수수료를 부과하는 이런 행태를 그냥 두어서는 안 된다.

작년에 프랑스 레지스탕스 출신의 아혼 살 노인이 쓴 『분노하라』라는 책이 큰 감동과 파문을 일으켰다. 그는 사회 문제에 대한 무관심에서 벗어나 이 체제에 대해 분노하라고 외쳤다. 그 외침이 지금 세상의 곳곳에서 메아리치고 있다. 거대한 수탈 체계이자 일종의 사기극인 금융자본주의에 대해 의심하고 분노하는 모든 조 짐들이 내게는 다시 희망을 갖게 한다. 적어도 아이들마저 이런 세 상에서 평생을 살 수는 없지 않는가.

늦
가
을
풍
경

속담에, 열 오라비 지은 농사 누이 하나가 거둔다는 말이 있다. 봄부터 수확하기 전까지 들어가는 노동력이 많다는 뜻과 예나 지금이나 들인 공에 비해 수확은 보잘것없다는 뜻이 함께 들어 있는 게다. 지금이야 여러 형제들이 함께 농사짓는 집이 있을 리 없고 게다가 나이 어린 누이는 진즉에 농촌을 떴으니 있으나 마나 한 속담이 되었다.

복숭아와 사과는 감사 비료와 가을 전정까지 끝났고 남은 것은 콩과 무, 배추 같은 김장거리뿐이다. 오늘은 뽑아두었던 흰콩을 털기로 했다. 몇 달 전부터 영문 모르게 어깨가 아프기 시작하여 도리깨질은 엄두도 못 내고 야문 물푸레나무를 잘라 막대기를 만들었다. 심은 면적도 얼마 되지 않으려니와 토끼와 고라니가 겨끔내기로 뜯어 먹는 통에 작대기로 두드려도 두어 시간이면 족할 듯했다.

하긴 흰콩은 복숭아나무 사이에 심어놓기만 했을 뿐, 제대로 신경을 쓰지 못했다. 순을 내미는 족족 토끼가 뜯는 줄 알면서도 하도 쏟아지는 비 탓에, 과수 농사도 다 망치게 됐는데 콩 따위가 뭐람, 하고 눈길을 주지 않았던 것이다.

긴 장마에 풀은 쑥쑥 자라고 짐승들에게 뜯긴 콩이 그대로 다 풀 속에서 스러진 줄만 알았는데 서리가 한 번 지나가고 나니까 잎을 떨군 콩대가 드문드문 눈에 띄었다. 한 뼘도 채 되지 않는 놈이 태반인데 더러는 어떻게 숨어 있었는지 제법 꼬투리를 매단 놈들도 있었다. 눈대중으로 보아도 서너 말은 나오겠다 싶어 먼저 이웃에 가서 짚 한 단을 얻어 왔다. 콩이나 깨 등속을 단 지어 묶을 때는 짚보다 더 좋은 게 없다. 끈은 매듭을 지어 동여야 하지만 짚은 서너 오리로 묶어 한쪽으로 틀어서 붙여주면 여간해서 풀리지 않기 때문이다.

늙으신 아버지와 마주 앉아 콩을 털고 선풍기 바람에 검불과 먼지를 날려 자루에 담기까지 그래도 한나절이 걸렸다. 메주 몇 장에 청국장 띄우고 나면 두부 한 번 해먹기도 부족할 듯하다. 그래도 추수 하나는 끝냈다. 추수동장(秋收冬藏)이라니 겨울을 위해 쟁여둘 먹거리를 하나하나 갈무리해두는 뿌듯함은 농사짓는 사람만이 느끼는 늦가을의 보람이다.

콩을 털고 나서 담배가 떨어져 소재지에 나가는데, 벼 벤 논에 마을 사람 너덧이 오락가락하는 양이 몹시 수상쩍었다. 차를 세우고 보니 저마다 파리채 하나씩을 들고 무언가를 내리치는 것이었다. 아하, 메뚜기를 잡고 있었다. 올해는 가을날이 좋아서 늦게 농약을 치지 않아서인지 논에 메뚜기들이 꽤 많았다. 그런데 메뚜기를 파리채로 잡는 줄은 미처 생각하지 못했다. 하긴 나이 들어 굼뜬 손에 메뚜기가 어찌 쉽게 잡힐쏘냐.

어려서 볶아 먹던 메뚜기의 맛이 순식간에 되살아났다. 아버지도 꽤 솔깃한 모양이었다. 하여 파리채와 양파 자루를 든 부자가 논으로 나가 해가 이울도록 메뚜기를 잡았다.

어렸을 때 모내기를 위해 모를 찌면 못자리에 있던 어린 메뚜기들이 점점 몰리다가 마지막 남은 모에 다닥다닥 들러붙곤 했다. 그러면 어른들은 물 묻은 손으로 메뚜기를 훑어 그대로 입에 넣고 우적우적 씹었다. 아마도 부족한 영양소를 채우기 위한 본능적인 사냥이었을 것이다.

예전처럼 많지는 않았지만 둘이 먹기에는 모자람이 없었다. 문제는 아직 펄쩍펄쩍 뛰는 메뚜기를 어떻게 볶을 것인가, 였다. 산 채로 뜨거운 팬에 넣을 수도 없어서, 조금 자비로운(?) 방법으로 택한 게 자루째로 냉동실에 넣는 것이었다. 저녁을 간단히 뜨고 팬에 들기름을 조금 두른 다음 소금 간만 하여 얼린 메뚜기를 볶았다. 초록이던 메뚜기가 빨갛게 변하고 아버지와 나는 놈들을 안주로 오랜만에 막걸리 한 병을 나누었다.

하늘에 별이 총총한 늦가을, 그믐날 밤이었다.

아
픈
날

며칠째 고뿔을 앓고 있다. 거의 10년 넘게 감기를 앓지 않고 살았는데 올해는 아무래도 된통 걸린 것 같다. 콧물에 기침에 열까지 오르락내리락하여 제대로 정신을 차릴 수가 없다. 처음에 감기 기운이 왔을 때 얼른 약으로 다스렸어야 했는데, 대수롭잖게 생각하고 일부러 소주 두 병을 마신 게 탈이었다. 술기운으로 푹 자고 일어나면 나으려니 했던 것이다. 그다음 날에는 도저히 빠질 수 없는 술자리가 갑작스레 생겼고 밤기운을 쐬며 2차, 3차까지 이어진 술로 감기가 깊어지고 말았다. 그런 판국이니 아내의 지청구가 두려워 앓는 소리도 숨죽여 혼자 끙끙거린다.

10년 넘게 찾아오지 않던 고뿔이란 놈이 찾아온 것은 지난 일요일이었다. 그날 두어 시간 가까이 배를 타며 객실에 들지 않고 뱃전에서 강바람을 맞은 탓이었다.

올해는 추석이 워낙 일러서 사과와 복숭아가 한창 쏟아져 나왔다. 콩 튀듯 팥 튀듯 바쁜 와중이라 명절도 제대로 못 쇨 판인데 성묘는 생각조차 할 수 없었다. 가까운 곳에 있는 조부모 묘소에만 겨우 다녀왔을 뿐, 배를 타고 가야 하는 증조부모는 포기하고 말았었다. 그런데 농사가 얼추 끝나고 가을날도 예상외로 좋아서 늦게나마 산소를 다녀오자는 공론이 돌았다.

서울 사는 숙부네와 아우에게 연락하여 내려오도록 하고 배를 운영하는 곳에도 예약을 했다. 멀리 이사 간 사람들은 더러 산소를 옮기기도 했지만, 이장을 두려워하는 풍속이 강했던 옛 마을 주민들 대다수는 그대로 조상의 산소를 남겨두었다.

그런데 해마다 벌초나 성묘의 문제가 심각해졌다. 처음에는 어부에게서 얻은 쪽배를 저어서 다녔는데 워낙 사람이 많다 보니 수자원공사와 시에서도 외면할 수가 없었던 모양이다. 이삼십 명이 탈 수 있는 동력선과 선장, 기관장 등이 공무원으로 채용되었고 그 배는 오로지 수몰민만이 이용할 수 있도록 했다. 하긴 수자원공사는 댐을 통해 막대한 수입을 거두면서도 그곳에 살다가 고향을 잃은 사람들에게는 아무것도 해준 게 없었다. 살벌했던 전두환 시절에 정부에서 주는 대로 돈을 받고 찍소리 못한 채 떠나온 고향이었다.

어쨌든 나는 1년에 한 번 타는 그 배를 참 좋아한다. 배를 타고 가다 보면 어린 시절에 날마다 보며 자랐던 앞산, 뒷산, 먼 산, 높은 산이 그 모양 그대로 줄지어 서 있기 때문이다. 열일곱 살 때까지 살았으니까, 내 생의 의미는 모두 그곳에서 시작된 것이다. 어쩔 수 없는 그리움과 추억 때문에 나는 배를 탈 때마다 객실에 들지 않고 뱃전이나 프로펠러가 돌아가는 뒤쪽에 서서 고향의 산들에게 눈을 떼지 못한다. 그것은 아버지나 숙부도 마찬가지인 듯 두 분은 시끄러운 기관 소리에도 목청을 높여 골골이 서린 옛이야기를 나눈다.

산정에 배를 대고 우리를 내려준 후 배는 다시 돌아간다. 두어 시간 후에 다시 태우러 올 때까지 벌초와 성묘를 마치고 내려와야 한다. 산등성이를 타고 올라가 길게 자란 잡초를 뽑고 산소에 드리운 나뭇가지를 잘라주느라 제법 땀에 젖었다. 아내가 싸준 김밥과 과일로 점심을 먹고 나자 다시 배가 왔다. 돌아가는 길에도 역시 나는 1년 후에나 다시 볼 고향의 산세를 하염없이 눈에 새기며 감회에 젖었더랬다. 그런데 그날 밤부터 으슬으슬 몸이 떨려왔고, 나는 약을 먹는 대신 소주 두 병을 마시는 미련한 처방을 스스로에게 내렸던 것이다.

1년 내내 가끔 술병이 나거나 일하다가 소소하게 다치는 것 말고는 아픈 적이 없었다. 하지만 어찌 몸이 아픈 것만 아픈 것이랴. 작금 벌어지는 FTA를 둘러싼 이 피눈물이야말로 고통 중의 고통인 것을. 세상이 아프니 나도 아프다는 유마(維摩)의 경지야 까마득할지라도, 오랜만에 찾아온 감기를 제대로 앓아보련다.

가장의 무게

시내를 오가다가 가끔씩 들러서 차 한잔을 얻어 마시는 곳이 있다. 고등학교를 함께 다닌 친구가 하는 자전거 가게인데, 그의 부모도 시내에서 사십 리쯤 떨어진 곳에서 사과 과수원을 한다. 가게 일 틈틈이 과수원 일도 도와주기 때문에 나와 만나면 주로 농사 이야기를 하는 친구다. 자전거 타기 붐이 일면서 가게도 그럭저럭 되는 걸로 안다.

고등학교 친구지만 그를 다시 만난 것은 삼십 대 중반이 되어서였다. 나는 귀농을 한 상태였고 친구는 유수한 대기업에 다니다가 IMF의 파고를 넘지 못하고 젊은 나이에 구조조정 대상이 되었다. 다시 취직할 염을 내지 못하고 고향으로 내려와 장난감 가게를 차리더니, 점차 자전거만 전문으로 팔게 되었다.

그런데 며칠 전에 전화가 오기를, 트럭을 몰고 와서 토요일 하루만 일을 도와달라는 거였다. 한 번도 그런 부탁을 한 적이 없던 친구였다. 농사일이 바쁜 것도 아니어서 무조건 알았다는 대답을 하고 시내에 나간 길에 들러보았다.

친구는 땀을 뻘뻘 흘리며 한창 자전거를 조립하고 있었다. 얘기인즉슨, 무려 자전거 100대가 한꺼번에 주문이 들어왔다는 거였다. 지역에서 꽤 큰 단체가 주관하는 족구대회에서 경품으로 쓸 자전거였다. 보통 이삼십 대 주문 받는 경우는 흔하지만 100대를 한 곳에 배달하는 경우는 처음이라고 했다. 그것도 모두 조립을 해서 가져가야 하기 때문에 눈코 뜰 새 없이 박스를 풀고, 나사를 조이는 중이었다. 나는 그런 일에 젬병이라 도울 생각도 못 하고 옆에서 말부조만 했다.

친구의 걱정은 행사 당일에 100대의 자전거를 어떻게 운동장까지 배달하느냐 하는 문제였다. 1톤 트럭에 기껏해야 열여덟 대를 싣는데 저 혼자는 도저히 감당이 안 된다는 거였다. 게다가 조립에 하루 종일 매달려도 20대 정도를 하기가 벅차서 제 날짜에 맞추려면 밤늦도록 일을 해야 할 것 같다고 했다. 시내에 자전거 가게가 여럿이니까, 좀 나누어서 하면 어떠냐고 했더니 한심하다는 듯이 내 얼굴을 빤히 쳐다본다. 아무리 힘들어도 한 대에 얼마씩 남는데, 장사하는 사람이 어찌 제 이익을 남과 나눌 수 있느냐는 것이었다. 딴은 맞는 말이지만 제힘에 겨운 주문을 받고 쩔쩔매는 양이 좀 안쓰러웠다. 더운 날도 아닌데 연신 땀을 훔치며 친구가

신세타령 비슷한 말을 늘어놓았다.

처음에는 펑크 난 바퀴를 때우거나, 자전거를 조립하고 있다 보면 자신의 인생이 너무나 보잘것없다는 생각이 들었다는 거였다. 한때는 대기업에서 잘나가는 사무직원이었는데 어쩌다 이 모양이 되었는지 한심하기 이를 데 없었다고 했다. 하지만 그런 한탄도 제비처럼 저만 바라보고 있는 아내와 자식들을 보면 쏙 들어가더란다. 가장이라는 삶의 무게가 준 서글프면서도, 엄숙한 게 바로 밥벌이더란다. 올해 대학에 들어간 첫애에게 1년간 2000만 원이 들어갔다고 했다. 그러니 어찌 한 200만 원쯤이 남는, 자전거 100대의 주문을 마다할 수 있겠느냐, 조립하다가 팔이 빠지는 한이 있어도 해야 한다고 자못 진지하게 나를 꾸짖었다.

이틀 후, 나는 친구와 함께 자전거 100대를 날랐다. 조립한 자전거는 가게에 둘 자리가 없어서 사십 리 떨어진 아버지 농장 창고에 밤마다 실어다 놓았기 때문에 세 번이나 왕복하며 간신히 시간에 대어 배달할 수 있었다. 친구는 기름값이라며 봉투를 내밀었지만 가끔 술과 밥을 얻어먹는 처지에 돈을 받을 수는 없었다. 다만 나도 가장으로서 그에게 부탁할 게 하나 있었다.

몇 달 전부터 막내가 자전거를 새로 사달라고 졸랐던 것이다. 초등학교 2학년 때 산 자전거를 더 이상 탈 수가 없다고 칭얼대는 것을 졸업할 때까지 그냥 타라고 윽박지르는 중이었다. 겨우 기어 나오는 목소리로 자전거나 하나 싸게 달라고 하자, 친구는 선뜻 한 대를 내 차에 실어주었다.

집으로 돌아가는 길이, 아들에게 얼른 새 자전거를 보여주고
싶은 마음이 바빴다. 다른 생각이 들 틈이 없었다. 오직 하나 함지
박만큼 벌어질 아들의 웃음만 자꾸 떠오를 뿐이었다.

아, 알량하고도 서글픈 가장의 무게여!

김
장
유
감

괴이한 날씨가 이어지고 있다. 시절이 하 수상하다 보니 절기도 이 상해졌는지 푹해도 너무 푹한 날씨가 연일이었다. 입동 지난 11월 낮 기온이 26도를 넘나드는 것은 괴변이 아닐 수 없다. 도시에 사 는 사람들이야 춥지 않아서 좋을지 모르겠지만 농촌에는 벌써 믿 기 어려운 일들이 속출하고 있다.

전에도 가을날이 따뜻하면 더러 개나리가 피기는 했어도 사과 꽃이 피었다는 말은 듣도 보도 못했다. 그런데 인근의 어느 사과밭 에 꽃이 하얗게 피었다는 소문이다. 시골 마을에서 누가 유언비어 를 지어낼 리도 없을 터, 실로 변고가 아닐 수 없다. 과수원에 올라 가 보니 진짜 몇 송이씩 꽃을 매단 놈들이 눈에 띄었다. 놀라서 경 험 많은 이웃에게 물었더니, 간혹 꽃눈이 터져 피는 경우도 있단 다. 그런데 봄인지 가을인지 분간 못 하고 피는 몇 송이야 별 문제가 아니지만, 날씨 탓에 내년 봄에 순을 내밀어야 할 꽃눈들이 이미 활동을 시작한 것 같다고 한다. 그렇다면 이것은 보통 일이 아니다.

꽃눈이든 잎눈이든 겨울에 얼지 않고 봄을 맞아야 하는데 이미 눈이 트기 시작한다면 쉽게 동해를 입을 것은 뻔한 노릇이다. 때맞추어 심은 마늘도 겨우 손가락만큼 올라오던 것이 올해는 뼘 가웃은 되게 자랐다. 이놈들도 겨울을 이겨낼는지 의문이다. 내년 봄이 되어야 확실히 알 수 있을 테지만 거듭되는 이상 기온에 불안하기만 한 날들이다.

걱정은 걱정이고 할 일은 해야 하겠기로 서리태 뽑아놓은 것을 털고 나서 곧 김장 준비를 했다. 예전 같으면 아직 담글 때가 아니지만, 이즈음은 집집이 김치 냉장고가 있어서 벌써 마을의 절반 정도는 김장을 끝낸 터였다. 서울 사는 동생네도 주말에 온다고 하여 먼저 배추와 무를 뽑았다.

백오십 포기를 심은 배추는 실하게 속이 차서 양이 너무 많을 듯했다. 남으면 버릴 판이라 주위에 사는 처가에 전화를 넣었더니 이미 시장에서 샀단다. 놀랍게도 스무 포기를 1만 5000원에 샀다고 했다. 아무리 배추가 똥값인 줄은 알고 있었지만 이건 해도 해도 너무한다. 지난 장날에 갔을 때도 그 정도는 아니었던 것 같은데 한 포기에 500원이면 값이 싼 게 아니라, 몇 달 동안 땀을 쏟은 농민에 대한 모욕이다.

작년에 배춧값이 비싸다고 호들갑을 떨면서 중국산 배추를 무관세로 다투어 들여오던 정부 당국은 폭락 사태에 대해서는 오불관언(吾不關焉)이다. 그토록 난리를 치던 언론도 올해는 관심이 없다. 농산물 때문에 물가가 오른다고 선전을 해대던 자들이라면, 올해는 농산물 때문에 물가가 잡혔다고 한마디쯤은 해주어야 하지 않는가. 저 거짓된 무리들은 작금의 폭락에 대해 속으로 쾌재를 부를지도 모르겠다.

청와대에 앉아서 도덕적으로 완벽한 정권이라고 자화자찬하는 자는 대체 누구에 대해 도덕적인가? 묻나니, 이 땅의 농민들에게 단 한 번이라도 도덕을, 아니 예의를 지켜보았는가. 봉건시대의 왕들도 가뭄이나 홍수가 계속되면 머리를 풀고 하늘에 죄를 빌었다. 농민들의 피눈물을 짓밟으면서 그들은 하루 세 끼 밥상을 마주하고 대체 무슨 생각을 할까. 장로답게 일용할 양식을 하느님이 주었다고, 농민은 절대 아니라고 생각하는지도 모르겠다.

아이들까지 모두 둘러앉아 김장 백여 포기를 담갔다. 내년 가을까지 두고두고 양식이 되어줄 김장을 담그면 비로소 겨울 준비가 끝난 듯하여 푸근한 마음이 들곤 했다. 그런데 올해는 자꾸 모욕을 당한 기분이 든다. 마을에는 그냥 버려져 누렇게 변해가는 배추밭이 있다. 배추가 당하는 냉대와 천대, 누가 심으라고 했느냐는 비아냥까지, 농민의 가슴에 칼을 꽂는 오늘의 추악함을 가슴속 깊이 새겨야겠다. 이 사상누각의 미친 체제가 스러지는 그 날까지.

편
지

김 형, 어젯밤에는 잘 들어갔는지 모르겠소.

막판에 둘 다 술이 취해서 제대로 인사도 없이 헤어졌던 것 같소. 하지만 꼭 취해서만은 아니고 우리의 대화가 좀 격해졌고 서로 마음이 상할 정도까지 갔던 게 원인이었을 것이오.

어젯밤에 우리는 우연히 술자리에서 만났소. 미국과의 FTA 협정이 날치기로 통과된 울분을 이기지 못하고 친구와 술자리를 갖던 중에 친구가 불러낸 사람이 김 형일 줄이야. 하긴 한 다리 건너면 다 아는 소도시에서는 그런 일이 흔하지만 말이오. 처음에는 김 형을 알아보지 못했소. 14년 만에 만난 김 형은 흰 머리가 늘고 주름도 꽤 깊어졌더구만. 나 역시 그랬을 터라 소주잔이 두어 번 돈 다음에서야 서로 알아보았던 것 같소.

동갑내기인 우리는 1997년 대선 때 김대중 후보를 당선시키기 위해 지역에서 함께 일했었소. 김 형은 지구당의 당원이었으니까 당연했겠지만 나는 귀농한 지 얼마 되지 않은 농사꾼으로 좀 뜬금없는 일이었소. 거부할 수 없는 어떤 인연으로 그리된 것이었는데, 어쨌든 한 달 넘게 김 형이랑 함께 유세 차량을 타고 시골과 시내를 돌아다녔고 승리의 감격도 함께 맛보았소.

들어보니 그 후로 김 형의 삶도 그리 순탄하지는 않았소. 여러 직업을 전전했고 마흔이 넘어서 무슨 자격증을 땄다고 했소. 그리고 불과 반년 전에 그래도 번듯한, 우리 고장에서는 거의 가장 큰 자동차 부품회사에 취직을 했다고 했소. 하지만 정규직이 아니라서 월급도 150만 원 정도라는 김 형의 말에 함께 분노했었소. 대체 아내와 자식이 딸린 사십 대 가장에게 150만 원을 주는 자들은 인간에 대해서 어떤 생각을 한단 말이오? 그들에게 노동자는 굶어 죽거나 얼어 죽지 않으면서 일이나 하는 존재일 것이오. 그것은 노동자뿐 아니라 그들 자신마저 비인간화하는 자본주의의 잔인함 아니겠소.

우리의 대화가 조금씩 어긋나기 시작한 것은 FTA에 대한 이야기를 하면서부터였소. 김 형은 한미 FTA를 해야 하는 거라고 해서 나를 놀라게 했소. 근거로 드는 말을 들으며 나는 거듭 놀랐소. 정부와 조중동이 퍼뜨리는 근거 없는 FTA 찬양을 그대로 반복했기 때문이오. 나는 처음에는 잠자코 김 형의 얘기를 듣기만 했소. 그리고 이내 알게 되었소. 김 형의 회사에서 사원들에게 그렇게 교육을 했다는 것을 말이오.

안타까운 일이지만 김 형은 힘든 일에 지쳐 제대로 된 정보를 들을 기회를 거의 갖지 못하는 듯했소. 그래서 한미 FTA를 하지 않으면 당장 수출이 막히고 세계시장에서 고립되어 나라가 망하는 것처럼 협박을 해대는 그들의 논리에 반박할 근거를 찾지 못했던 것이오. 김 형의 회사가 이번 협정으로 가장 큰 이득을 볼 거라는 자동차 부품회사라서 더욱 그런 선전을 해댔던 모양이오. 술자리에서 일일이 공박하기에는 김 형과 내가 알고 있는 사실 사이에 벽이 너무 커 보였소.

그런데, 농사짓는 사람들은 오히려 더 좋아진 것 아니냐는 김 형의 말에는 아연할 수밖에 없었소. 수치까지 들어가며, 농업에서 십 몇조 원 정도의 피해를 보지만 정부에서 20조 원이 넘는 대책을 세우지 않았느냐고 했소. 김 형, 어제도 핏대를 올려가며 언성을 높였지만 그것은 새빨간 거짓말이오. 대책이라는 것은 기존의 예산을 눈속임으로 내놓은 것에 불과하오. 저들의 계산에는 숫자만 들어 있을 뿐, 농민의 고통은 조금도 들어 있지 않소. 예를 들어, 김 형처럼 150만 원으로 간신히 연명하는 사람에게 30만 원쯤 월급을 깎아버리면 그다음은 어찌 되겠소? 삶의 낭떠러지, 곧 목숨이 되어버린단 말이오. 그 수치는 300만 농민의 목숨이 달린 죽음의 숫자임을 깊이 생각해보소. 그리고 저 자본의 이간질에 속아 넘어가지 않도록 또 만나서 이야기 나눕시다.

신문과 복숭아나무

올해 농사일은 아주 매조지를 지은 줄로 알고 늦잠 끝에 일어났더니 아버지가 두툼한 작업복을 입고 나와 계셨다. 그동안 모아두었던 신문 꾸러미를 꺼내놓고 노끈까지 챙기는 것을 보니 그예 복숭아나무를 쌀 모양이었다. 아버지가 여름부터 올겨울엔 복숭아나무 밑동을 신문으로 싸야겠다고 하는 것을 나는 그까짓 신문으로 무슨 동해를 막을 수 있겠느냐고 반대했었다.

하지만 2년 연속 혹독한 추위로 반 가까운 나무들이 얼어 죽은 터라 올겨울에 또 혹한이 닥치면 치명적인 것도 사실이었다. 신문으로라도 감싸서 조금이라도 효과를 본다면 하루쯤 품을 내는 게 농사꾼의 도리이긴 했다. 하여 주섬주섬 옷을 껴입고 아버지를 따라 복숭아밭으로 갔다. 나무 밑동을 싸자면 쪼그려 앉거나 바닥에 털썩 앉아야 했다. 전날 비가 온 후로 날씨도 꽤 추워졌고 땅이 젖어서 비료 포대에 신문을 넣어 깔개를 만들었다.

아버지가 모아놓은 신문은 다양했다. 우선 농협에서 보조해주는 〈농민신문〉이 하나, 어느 농약회사가 만들어 무료로 보내주는 신문, 농약가게나 이발소에 갈 때마다 주워들고 온 〈조선일보〉(내가 사는 면의 모든 가게에는 오직 하나 〈조선일보〉가 있을 뿐인데, 농민들의 정신 건강을 가장 좀먹는 원흉이 분명하다) 등이다. 그리고 타블로이드판으로 빳빳한 종이에 찍힌 시 홍보지가 꽤 많다. 이것은 시청에서 마을 회관에 한 꾸러미씩 가져다 놓는 것인데 읽기는커녕 풀어보는 이조차 없어서 볼 때마다 낭비라는 생각을 지울 수 없다.

특이한 신문으로는 또 〈노년시대〉라는 주간지가 있다. 내용이라곤 거의 없는 이 물건도 아버지가 마을의 경로회장이기 때문에 무료로 온다. 말이 나와서 하는 얘기지만, 시골 마을에는 감투가 많기도 하다. 우리 마을은 고작 열일곱 가구에 주민이라곤 스물아홉 명뿐인데 언뜻 생각나는 것만 해도 이장과 대동계장, 노인회장, 노인회 총무, 새마을지도자, 부녀회장 등등이다. 정신 오락가락하는 노인이나 아직 어린애들을 빼면 누구나 돌아가면서 감투를 써야 할 판이다. 나도 이장이 어거지로 새마을지도자 감투를 씌워 이름을 올렸는데 매달 있는 모임에 한 차례도 나가지 않았더니 1년 만에 지위를 해촉한다는 재미있는 통지서가 날아오기도 했다.

신문을 서너 겹으로 펼친 다음 나무를 감싸고 노끈으로 묶어주는 일은 쉬울 것 같지만 그리 만만하지는 않다. 바람이라도 불라치면 제멋대로 나부끼는 넓은 신문을 마음대로 요리하기가 쉽지 않은 것이다. 바람이 잦아든 틈을 타 재빨리 나무를 싼 다음 그 위에 노끈을 감아주는 일은, 사실 짜증이 절로 나는 일이다. 그래도 명색이 신문들이라 일을 하다가 간간이 내용이 눈에 들어오는데 광고들이 참 가관이다.

집에 오는 신문이라는 게 다 그 모양이니 평소에 별로 들추어 볼 일도 없지만, 그래도 영 불쾌한 대목은 대표적인 농민의 신문이라는 지면에 웬 정력제 광고가 그리 많은가 말이다. 농약이나 농기계 광고 사이에 숱하게 보이는 게 온갖 종류의 정력제 광고들이다. 빚만 지는 농사일에 진이 빠졌을 테니 정력제로라도 기운을 보충하라는 것인지, 농촌에 자꾸 인구가 줄어드니까 늦둥이라도 보라는 것인지 모르겠다. 아니면 사고 싶어도 어디서 사는지를 몰라 못 사는 농민들이 많을 것이라는 염려로 친절하게 신문에서 안내를 해주려는 배려인가. 하여튼 요상한 문구를 달고 있는 그런 광고를 보다가 부자지간에 얼굴이 뜨거웠던 게 한두 번이 아니다.

워낙 짧은 해라 하루를 꼬박 하고도 몇 나무가 남았다. 제법 찬 기운에 얼었는지 집 안에 들어오니 얼굴이 장작불에 쬔 것처럼 화끈거리고 가렵다. 아버지 말이 맞을 것 같다. 노숙인들이 신문지 한 장을 덮고 안 덮고의 차이가 퍽 크다는 말을 어디서 들은 것도 같다. 저 쓸데없고 중구난방인 신문들이 혹여 위력을 발휘하여 복

숭아나무들을 구해낼 수 있다면, 정말 그럴 수 있다면, 모든 종이
의 어머니인 나무들에게 조금은 덜 미안할 수 있을까.

산이 사라진다면

우리 마을 초입에는 야트막한 산이 하나 있다. 그 산을 뒤란 삼아 10여 가구가 늘어서 있고 마을회관 역시 산 아래 자리하고 있다. 그러니까 그 산을 끼고 마을의 중심이 이루어진 셈이다. 그런데 얼마 전에 그 산이 누군가에게 팔렸다는 소문이 돌았고 곧 사실로 드러났다.

산을 산 사람이 마을에 나타났다. 건축업자인 그가 밝힌 바로는 산을 밀고 전원주택을 열 채 정도 지어 분양을 할 계획이란다. 말인즉슨 마을 뒷산을 밀어서 조그만 마을 하나를 새로 만드는 셈이었다. 산을 통째로 없애고 집을 짓는다는 발상 따위를 해본 적이 없는 마을 사람들은 아연했다. 더구나 얼마 전까지도 제일 서슬 푸른 법이 산림법인 줄 알고 있었는데 건축업자는 이미 법적인 문제는 없다는 것이었다. 다만 순조로운 진행을 위해 마을 사람들이 동의서에 서명을 해주길 바란다는 요청이었다. 그 대가로 마을에 얼마간 발전기금을 내놓겠다는 것이 그의 말이었다.

마을 입장에서 보면 실로 엄청난 사태였다. 산을 따라 형성된 자연 마을이 열 가구 정도이고, 대부분 낡은 농가 주택인데 새로 들어오는 열 채의 전원주택은 산의 평수로 미루어보건대 상당한 넓이를 가진 고급 주택일 것이다. 그렇게 되면 농가 주택 열 채와 고급 주택 열 채가 두 줄로 나란히 선 기이한 마을이 될 터였다. 산이 굽어보고 가랑잎 쓸리는 바람 소리가 들려오던 마을은, 고급 주택 2층에서 누군가 굽어보며 고기를 굽는 냄새가 풍기게 될 게 뻔했다. 나는 비록 그곳에서 꽤 떨어진 곳에 살지만 날마다 오가는 아랫마을이 그렇게 변한다는 생각만 해도 아찔할 지경이었다. 그런데 공론은 이상하게 돌아갔다. 뜻밖에도 반대 의견을 말하는 이가 없었다. 나름대로 몇 가지 짐작 가는 일이 있었지만 제일 큰 이유는 지난 기억 때문이었다.

10여 년 전쯤, 마을에 화약 저장고가 들어왔다. 그때까지만 해도 화약 같은 위험물질을 저장하고 판매하는 일을 개인이 하는 줄 몰랐다. 이름조차 끔찍하여 마을 주민들은 반대의 뜻을 분명히 한 진정서 등을 관청에 올렸다. 마을에 5000만 원인가를 내놓겠다는 사업자의 제안도 단호히 거부했다. 그런데 사업자는 행정소송이라는 걸 통해 간단히 무혈입성했다. 산자락을 깎고 '위험물'이라는 표지를 단 차량이 쉴 새 없이 드나들어도 마을 사람들은 닭 쫓던 개처럼 쳐다볼 수밖에 없었다. 경운기로 길이라도 막자는 말이 나왔지만 아무도 앞장서진 않았다. 농민들에게 관청의 허가는 대항할 수 없는 무기였다. 사업자는 사업자대로 주민들을 똥 친 막대기쯤으로 여겨 발전기금은 고사하고 오가며 눈도 마주치지 않았다. 절망적인 결과였다.

그 일을 기억하고 있는 사람들은 자신만만한 건축업자 앞에서 이미 대항해볼 엄두도 내지 못하였다. 마을 회의에서도 어차피 들어올 것이면 마을 발전기금이라도 많이 받자는 쪽으로 결론이 났다. 한 편으로는 수백, 수십 년 동안 산을 뒤란으로 살면서 조금씩이라도 무단으로 산을 점용하여 이용했다는 약점도 작용했다. 농촌에서 살다 보면 어쩔 수 없는 일이었다. 김장독을 묻거나 미나리꽝이라도 만들 요량으로 너나없이 산 아래 자락을 단 몇 평이라도 파들어 갔던 것이다. 그리 악랄한 자가 아니라도 땅을 실측하여 꼬투리를 잡을 수 있는 일이었다.

결국 산은 사라질 위기에 처했다. 나무들이 베어질 테고 포클레인이 산을 허물고 평지를 만들 것이다. 단언하건대 그 광경이 눈앞에 펼쳐지면, 봄이면 나물을 뜯고 가을엔 도토리를 줍던 산이 떠나고 나면, 오랫동안 마을에 살던 사람 누구나 경악을 금치 못할 것이다.

어릴 때부터 보아왔던 풍경은 아주 깊은 기억의 바닥에 새겨져 있다. 평소에는 잘 느끼지 못하지만 막상 그 풍경이 사라지는 순간, 인간의 영혼은 거센 충격을 받게 된다. 결코 치유되지 않을 상처를 남길 게 뻔히 보이는데도 어찌해볼 여지가 없었다.

아, 산마저 사라지는 세상이라니!

흘러라,
네 온갖 서러움

내 마음속 남한강

마을 앞에는 큰 개울이 흐르고 뒤로는 작은 개울이 있었다. 작은 개울은 고만고만한 골짝에서 내린 물이 모이고 모여 가문 날이 오래면 바닥이 드러나기도 했으나, 큰 개울은 사시사철 거울처럼 맑은 물이 여울과 소를 이루며 끊이지 않았다. 월악산에서 시작하여 장자봉, 까치산에서 내린 물을 더하고 송계, 복평, 북노, 역말, 신당이라는 이름으로 엎드린 마을과 들을 적시며 남한강에 합친 물이 되기까지 물길 삼십 리였다.

강에는 아침저녁으로 사람을 건네주던 나룻배가 있었고, 얼굴에 늘 종기를 달고 살던, 노를 저으며 알 수 없는 노래를 부르던, 붉은 얼굴의 사공이 있었다. 잔잔한 뱃길을 지나면 강물이 무섭게 요동치며 흘렀다. 강물 가운데 솟은 검은 바위(산에서 굴러 떨어진 것이었다)에 부딪쳐 하얀 포말을 일으키며 넘실대던 그 물결은 알

242

수 없는 두려움을 불러 일으켰다. 해마다 누군가가 그 물에 휩쓸려 죽었다…….

내가 기억하는 남한강에 대해 나는 과거형으로밖에 말할 수 없다. 다시는 갈 수 없는 곳, 내가 열일곱 살까지 살던 그 남한강변은 충주댐이 세워지면서 크나큰 호수 밑으로 가라앉았다. 저녁놀에 피라미가 뛰던 삼십 리 여울도, 장자봉에 뜬 달이 이지러지던 강물도, 이제는 이동순의 시구처럼 내 가슴속에 '홀로 글썽이는' 물이 되고 말았다.

고향이 사라졌다는 사실은 갈수록 비통함을 더한다. 내 삶이, 뽑혀져 땡볕에 버려진 쇠비름처럼 시들부들한 이유가 고향을 잃어버렸기 때문이라고 스스로 진단하기도 한다. 하지만 돌이켜 생각하면 모든 온전한 것은 다만 추억 속에 있을 뿐이다. 그 아름답던 풍경이 지금껏 남아 있다면 얼마나 큰 고초를 겪을 것인가. 사라짐으로서 비천한 욕망들에게 능욕당하지 않게 된 남한강은 오롯이 내 가슴속에 남게 되었다. 사물의 경이와 아름다움이 예술이 싹트는 시작이라면 내 글쓰기 역시 남한강의 어느 여울에서 비롯되었으리라.

나는 기억한다.

여덟 살의 여름, '뱃물'이 들어오고 있었다. 큰비가 내려 강으로 흘러들던 물이 미처 강으로 합류하지 못하고 역류하는 것을 어른들은 '뱃물이 들어온다'고 했다. 앞산에 올라가 본 광경은 너무나 놀라웠다. 이미 강은 흔적도 없고 황토물이 바다를 이루어 올라오고 있었다. 드넓던 논배미가, 골짜기의 마을들이 모두 잠겼고 사람들은 두려움에 휩싸였다. 누구누구네 집이 폭삭 무너졌고 그날 우리 집 외양간 한 귀퉁이도 무너졌다. 그렇게 저녁나절이나 되었을까, 어느 노인이 '이제 나가신다'고 했다. 한 뼘이 밀려왔다가 두 뼘이 나간다고도 했다.

과연 다음 날 아침에는 황토물이 멀찍이 물러났고 나는 삽을 들고 논배미로 향하는 어른들을 따라 나갔다. 그리고 믿기 어려운 광경을 보았다. 아직 물이 차서 겨우 논둑만 드러난 논 가운데에 어린애만 한 잉어들이 뛰고 있었다. 새풀 내를 맡은 잉어들이 물을 따라 올라온 것인데 나는 지느러미를 드러내고 노니는 잉어와 그들을 쫓으며 삽자루를 내려치는 어른들의 모습을 보며 어떤 환상을 보는 것 같은 느낌에 빠졌다. 실제로 등이며 머리에 삽날을 받은 잉어들을 들쳐 멘 어른들의 등에 흐르던 피와 왠지 나를 쳐다보는 것 같던 잉어의 붉은 눈을 아직도 잊을 수 없다. 나중에 안 일이지만 그 잉어들이 온 곳은 남한강이 아니었다. 강에는 그렇게 큰 잉어들이 살지 않았다.

남한강의 물살이 세차게 흐르다 제힘을 못 이겨 한 자락 물길이 빠져나와 돌아가면서 마을 아래쪽에 소(沼)를 이룬 곳이 있었다. 어떻게 강가에 그런 소가 만들어졌는지 내 알음으로는 설명할 길이 없지만 어른들 말로는 실 한 꾸리가 풀린다는 깊고 깊은 소였다. 그곳을 용수깨미라고 불렀는데 물이 계속 돌고 있어서 수영을 아무리 잘하더라도 들어가면 빠져나오지 못한다고 했다. 전설에 따르면, 병자호란을 당한 한 장수가 치욕을 이기지 못하고 이 소에 몸을 던져 죽었는데, 그가 타던 애마가 사흘 밤낮을 울며 소를 돌다가 주인을 따라 죽었다고 했다. 그 후로 말이 돌던 방향으로 물이 돈다는 것이다. 소의 가장자리에는 버드나무가 자라나 가늘고 긴 가지를 물속에 드리우고 있었다. 우리는 용수깨미에 들어가지는 않았지만, 그 옆에 미루나무 숲과 꽤 널찍한 모래밭이 있어서 놀이터로 삼곤 했다. 뱃물이 들어올 때 올라왔던 잉어가 사는 곳이 바로 그 소였다. 나는 어느 어스름 녘에 버드나무에 올라와 앉아 있던 시커먼 가물치를 본 적이 있다.

먼 옛날의 전설과 들어갈 수 없는 금기의 물, 가물치가 나무에 앉아 있던 그 깊은 소, 그 무렵 세상을 뜬 누이의 기억과 더불어 용수깨미는 내 안에 인간이 건널 수 없는 어떤 심연으로 자리 잡았다.

어린 시절에 주로 놀던 곳은 검푸른 남한강이 아니라 월악산에서 흘러내린 앞개울이었다. 개울이라도 한 길이 넘는 곳이 많아 멱감기에 모자람이 없고 메기, 동자개, 쉬리, 꺽지 같은 물고기들이 돌 밑마다 숨어 있어 맨손으로도 얼마든지 움켜낼 수 있었다. 잡은 고기를 버드나무 가지에 꿰어 오면 마늘잎을 넣고 자작하게 졸여 낸 저녁 반찬을 먹을 수 있었다.

중학교 1학년 여름, 나는 멱을 감다가 무언가가 목에 감기는 느낌에 선뜩 놀랐다. 그것은 다홍색 옷고름이었다. 고운 색깔의 그 옷고름을 돌 위에 올려놓고 몸을 말리다가 나는 기이한 생각에 빠졌다.

마을 뒷산에는 굽은 소나무가 한 그루 있었는데 그 나무에 내가 태어나기 오래전에 우리 마을로 속아서 시집온 젊은 색시가 명주로 목을 매 죽었다고 했다. 그 새댁 이야기를 나는 할머니에게서 여러 차례 들었다. 얼굴이 박속처럼 희고 고왔다던 색시가 강 건너 친정이 바라다보이는 뒷산에 올라 목을 매는 광경이 꿈속에 나타나기도 했다. 그런데 여울을 흘러온 다홍 옷고름을 보자 곧바로 그 색시가 떠올랐다. 나는 알 수 없는 기분이 되어 갖가지 상상으로 옷고름을 만지작거리다가 다시 물 위로 띄워 보냈다. 물살에 실려 흐느적거리며 떠내려가던 그 옷고름은 내게 지울 수 없는 어떤 이미지를 남겼다. 그 이미지가 나를 소설로 이끈 그 무엇이었을지도 모르겠다.

중학교 3년 동안 나는 자전거를 타고 십 리 길을 다녔다. 신작로를 따라가는 큰길과 지름길인 강변길이 있었다. 강변은 자갈길이라 자전거를 타기보다 끌고 가는 길이었지만 하굣길은 대개 강변을 택했다. 강 건너에서 오는 친한 친구가 있어 나루터까지 함께 가는 재미가 있었다. 오 리쯤 같이 걸어와 그 친구는 배를 탔는데 뱃전에 서서 내게 손을 흔드는 친구의 모습은 늘 어디 먼 곳으로 떠나는 것 같은 느낌을 주곤 했다. 강 하나 사이지만 나는 그 너머를 가본 적이 없어서 왠지 친구가 사는 마을은 다른 세상처럼 느껴졌다. 그리고 노을 비낄 무렵이면 문득 조용해지는 강물 소리, 바람에 우수수 눕던 억새들, 앞서가는 여학생들의 종아리가 나를 강변길로 이끄는 것들이었다. 내게 최초로 성적인 암시를 주었던 또래 여학생들의 매끈한 종아리에 깊이 천착(?)할 수 있던 것도 그 강변길 덕분이었음을 이제는 고백할 수 있겠다.

처음 술을 배운 곳도 바로 남한강이었다. 워낙 후미진 산골이다 보니 내가 중학교에 들어갈 때만 해도 나보다 서너 살이나 많은 학생들이 여럿 있었다. 마을 청년이라고나 해야 할 학생들은 주말이면 학교 바로 뒤에 흐르는 강에서 천렵을 하곤 했는데 그때마다 되들이 소주를 받아오곤 했다. 안주는 초고추장 한 보시기가 다였다. 큰 돌을 들어 물속의 납작한 돌을 내리치면 꺽지, 쉬리, 쏘가리 따위가 기절을 하거나 배가 터져서 줄줄이 나왔고 내장만 빼고 통째로 초장에 찍어 먹었다. 덩치가 컸던 나는 그들과 어울려 날로 먹는 민물고기 맛을 알았고 중학교를 졸업할 무렵엔 제법 술맛을 아는 술꾼이 되었다.

내가 살던 마을에서 건너편으로 오 리쯤 올라가면 나오는 동네가 북노리였다. 그 마을 바로 앞은 삼십 리 여울 중에도 꽤 크게 소를 이룬 곳이고 물속에 큰 바위들이 많아 팔뚝만 한 메기나 동자개 같은 고기들이 많았다. 나는 그 마을에 친한 친구도 있고 해서 자주 놀러가는 편이었다. 대나무의 속을 비워 만든 작살로 고기를 잡기도 하고 방학이면 친구 집에서 이삼 일씩 놀다 오기도 했다.

그런데 그해 가을이던가. 그 마을에 20년도 넘게 감옥살이를 한 사람이 돌아왔다고 했다. 이씨들이 많이 살던 마을이었고 내 친구 역시 그러했는데 그 오랜 감옥살이의 주인공이 친구의 큰아버지뻘이었다. 놀랍게도 그 사람은 간첩이라고 했다. 우리 집은 전쟁 때 좌익으로 몰려 풍비박산이 되었던지라 매사에 두려움이 많던 아버지는 내게 북노리 친구 집 출입을 금지시켰다. 나로서도 학교에서 배운 간첩이 같은 마을에 산다는 게 얼핏 이해되지 않았다. 그런데 내게 글재주가 있음을 알고 아껴주던 국어 선생님이 학교가 파하면 자전거를 타고 매일 북노리로 향하는 것이었다. 아직 총각이었던 선생님은 늘 두터운 옥편을 가지고 공부를 했는데 누군가에게 배우러 다닌다고 했다. 그 누군가가 바로 감옥에서 나온 사람이었고 훗날 알게 된 것이지만 이문학회를 만든 노촌 이구영 선생이었다. 내가 선생이 쓴 책을 통해 내 집안의 과거를 알게 되고 더불어 내가 살던 월악산과 남한강에 피어린 역사가 숨어 있음을 알게 된 것은 물론 먼 훗날이었다.

내가 아는 남한강은 불과 수 킬로미터 남짓한, 지금은 사라진 어느 구간이다. 그러나 바로 그곳에서 내 생애의 의미가 시작되었다. 누구에게나 세상에서 처음 만난 풍경은 지울 수 없는 화인(火印)

으로 남는 것이고 나는 내 유년기와 청소년기를 오롯이 그곳에서 보낸 것을 감사하게 생각한다. 아직도 나는 뱃물이 나가고 난 다음의 그 부드러운 개흙의 감촉을 발바닥에 간직하고 있으며 강물에 거꾸로 잠기던 산 그림자와 달빛의 기억에 숨이 막힌다. 외로움과 두려움, 사랑과 글쓰기의 시작도 그곳이었으므로 나, 그 강물에서 멀리 가지는 못하리라.

내 마음의 청벽(青壁)

나는 원체 줏대가 없고 귀가 얇은 편이라, 오래전부터 나름대로 몇 개의 원칙을 세워두고 사람을 만난다. 두루두루 만나는 사람마다 제가끔 인연에 따라 관계를 맺고 관계를 따져 인연 짓는 이를 일러 흔히 마당발이라 부르거니와, 줏대와 더불어 숫기까지 없는 터수에 자못 부럽지 않은 바는 아니나, 마당보다 봉당이 호젓하고 봉당보다 섬돌 위가 조강함을 모르지 않으니, 굳이 성정을 탓하여 고치려 들지는 않는다.

그럼에도 굳이 그 위에 한 꺼풀 더 원칙을 들먹이며 사람을 가려 만나는 뜻은, 다만 아는 것을 안다 하고 모르는 것을 모른다 하는 것이 진정 아는 것이라는 공씨(孔氏)의 가르침 한 구절이 늘 마음 한편에 가시처럼 걸려 있기 때문이다. 배운 게 없고 보는 눈은 물고기의 그것과 크게 다르지 않지만, 세상 돌아가는 모습에는 나름

250

대로의 속 깜냥이 없을 수 없다. 게다가 제대로 된 뉴스와 더불어 쓰는 자의 자질이 의심스러운 뉴스까지, 농어촌과 산촌을 가리지 않고 초고속으로 쇄도하니, 세상살이에 담을 쌓지 않는 이상 이 사회의 병통이 보이지 않을 까닭이 없다. 하여 알게 된 것을 모른다 할 수 없으니 비분강개는 아닐지라도 한 줄기 심화(心火)는 고질이 되었다.

여러 가지 병통 중에 단연 눈에 띄는 것은 제각기 무리를 지어 자기들끼리 잡아주고 끌어주며 밀려가기도 하고 딸려가기도 하는 끼리끼리 문화라고 하겠다. 그래서 내가 사람을 만나는 제일의 원칙은 학연이나 지연, 혈연을 꼬투리로 무리를 짓는 곳에는 가지 않는다는 것이다. 우리 사회에서 시다 못해 군내를 풍기는 병통의 가지를 구석구석 뻗고 있는 것이 바로 그 동문회니, 향우회니, 종친회니 하는 패거리 문화임을 알게 된 후로 아예 그쪽으론 평생 동안 발걸음을 하지 않기로 마음을 정했다. 그러다 보니 조금은 특이한 인생이 되었다.

내가 사는 곳이 고향과 가까운 시골이고 고등학교까지 내처 지역에서 나왔으니 다달이 학교와 관련한 모임의 초대장이나 전화가 풀 방구리에 쥐 드나들듯 끊이지를 않는다. 고등학교만 하더라도 반창회에서 동창회, 동문회, 동문체육대회, 지역 동창회에 각종 동창 개업식까지, 10여 년째 발길을 끊었으면 내 주소와 전화번호를 삭제할 만도 하련만, 참으로 지극정성이다. 초등학교와 중학교도 사정은 별반 다르지 않고 지연과 혈연으로 엉긴 인연들도 나이가 들수록 더욱 기승을 부린다.

그런데 과연 학연, 지연, 혈연을 빼고 나니 도무지 갈 곳 없는 사회가 대한민국이었다. 나도 학창시절의 추억을 함께 나눈 친구들이 보고 싶고, 때로는 사무치게 그립기도 하다. 그러나 너무도 많은 모임의 홍수 속에 살아가는 친구들에게 일부러 나와의 개인적인 시간을 갖자고 청하는 일은 너무 엄청나게 느껴져 실제로 행할 수 있는 일은 아니다. 더 나이가 들어 내가 세워놓은 원칙 때문에 감당해야 할 외로움이 조금 더 커질지라도 나는 스스로 진창에 발을 들일 생각은 없다.

하지만 내게도 딱 하나 1년에 두 번 나가는 모임이 있다. 청벽회(靑壁會), 열일곱 살 나던 해 봄에 창립 회원으로 가입하여 30년째 회원으로 있는 곳이다. 외국에 나가 있던 9년 동안도 회원들은 나를 제명하지 않았고 회비 납부도 열외로 해주었다. 어찌 보면 청벽회 또한 내가 타기해 마지않는 지연에 기대어 생긴 모임이지만, 나는 이 모임만은 부정하지 못하겠다. 그것은 마치 나 자신을 부정할 수 없는 것과 같다.

나는 소백산맥이 흘러와 줄줄이 낳아놓은 산촌의 어느 마을에서 태어났다. 산촌답게 낮은 앞산 뒷산 너머에는 큰형 같은 산이 품을 벌리고 그 뒤로는 아버지 산이 우람하게 하늘을 받치고 있는 풍경이 내가 처음 만난 세상이었다. 마을의 바로 뒷산에는 30여 미터 정도의 깎아지른 바위 절벽이 있었는데 주위의 상수리나무 그늘과 바위 이끼로 늘 푸르스름한 빛을 내었다. 멀리서 보면 엄청나게 큰 장승의 얼굴을 연상시키는 그 바위 절벽을 청벽이라 불렀고 양지바른 청벽 아래는 어린 우리들의 놀이터였다. 그 청벽 아래에서 나는 생애 처음으로 친구를 사귀었는데 겨우 소꿉장난 정도를 시작할 나이였으므로 진지하게 악수를 나눈다거나 통성명을 하지는 않았을 것이다. 훗날 청벽회의 핵심 조직원(?)들이 될 10여 명의 친구들은 그렇게 이미 서너 살 무렵에 만나 온갖 놀이와 싸움으로 날을 보내며 조금씩 나이를 먹어가게 되었다.

오랜 가난과 몽매함이 어른들을 술주정뱅이로 만들고 화투판과 싸움이 그치지 않는 마을이었지만, 우리들은 철철이 참꽃과 오디와 칡 따위를 주전부리로 삼아 소년기 특유의 우정(소위 불알친구의 우정)을 쌓아갔다. 같은 초등학교와 중학교를 다니며 함께 걸은 길만도 얼핏 계산해 2만 5000킬로미터, 약 6만 2000리다. 이만하면 가히 피로 맺은 조직의 전사(前史)라 할 만하지 않은가.

그러나 청벽회는 피로 맺은 우정이 아니라, 눈물의 잔을 나누며 맺은 모임이다.

오랫동안 흉흉한 풍문처럼 떠돌던 충주댐의 건설이 마침내 확정되어 토지 보상을 시작한 것이 우리들의 나이 열여섯 무렵이었다. 살던 마을이 물에 잠기고 이웃들이 뿔뿔이 헤어져야 한다는 것이 처음에는 거의 비현실적으로 느껴졌다. 그러나 실제로 한 집 두

집 마을을 뜨기 시작하자, 우리들은 어떤 절박감에 사로잡혀 매일 밤, 약속도 없이 만나게 되었다. 이대로 영원히 헤어지게 될지도 모른다는 불안감과 막 비상하기 시작하는 청춘의 열정과 마을 공동체가 무너지며 불러온 내면의 균열 따위가 뒤섞여 중학교 졸업을 앞둔 그해 겨울, 우리는 집단으로 술을 배웠고 서로 잡아주고 끌어주며 얼마 안 가 당당히 술도가의 큰 고객이 되었다. 눈길을 걸어 두 말 술통을 번갈아 메고 오면 먼 산에서는 귀에 익은 짐승들의 긴 울음이 우리를 따라왔다. 때로는 볏짚이나 마른 고춧대를 쌓아 불을 피우고는 조용필이나 나훈아의 노래를 목 터지게 부르기도 했지만, 그해 겨울을 생각하면 지금도 한없는 애수의 감정이 북받친다.

이듬해 본격적인 이산이 시작되면서 우리는 청벽회라는 모임을 만들기로 했는데 강령과 규약은 뭉뚱그려 단 하나, 평생 동안 고향을 잊지 않고 영원한 우정을 간직한다, 였다. 그리고 우리는 저마다 다른 고장으로 흩어져 갔다. 고등학교에 진학한 친구도 있고 직업을 찾아 떠난 친구도 있었다. 그 이후 회원의 대다수가 일시적으로 다른 조직에 몸담았을 때(군대 갔을 때)를 제외하고는 출석률이 70퍼센트 이하로 내려가 본 적 없이 지금까지 오고 있다.

열네 명이었던 회원 중에 셋이 죽었다. 둘은 마흔을 채우지 못하고 하나는 병마에, 하나는 사고에 갔다. 올해도 한 친구가 세상을 떴다. 아직 총각이 있는가 하면 대학생을 자식으로 둔 회원도 있다. 면 서기, 트럭 운전사, 유리공장 공장장, 자동차 정비공, 농부, 중학교 선생, 고물상이란 말을 가장 싫어하는 재활용업체 사장, 농산물 유통업자, 방앗간 주인 등이 우리 회원들의 직업이다.

나이가 들어가면서 모임의 출석률은 오히려 점점 높아져 한 명도 빠짐없이 모이는 때도 적지 않다. 지난번엔 모임을 1년에 네 번으로 확대 개편하자는 안이 나왔다가 겨우 부결된 일이 있을 정도로 갈수록 회원들의 열기가 고조되고 있는 실정이다. 나와는 달리 다들 이런저런 모임이 많은 모양인데도 그렇다.

모여서 하는 일은 사실 아무것도 없다. 밥 먹고 술 마시고 노래방이나 맥주집에서 2차를 한 다음 10년 단골 여관으로 간다. 여관의 제일 큰 방에서 술 마실 사람은 술을 마시고 화투를 치고 싶은 사람은 화투를 친다. 그러고는 마흔 넘은 사내들이 서로 팔을 베고 다리를 올리며 사이좋게 잔다. 그것이 전부다. 내가 보기에 우리 모임의 핵심은 같이 자기다. 나 역시 1년에 두 번 그 친구들과 자는 잠자리가 가장 즐겁다.

처음 누가 우리의 모임을 청벽회라고 하자는 제안을 했는지 아무도 기억하지 못한다. 가끔씩 갑론을박이 있지만, 나는 뒷산에서 따뜻한 양지를 내주고 장승 같은 얼굴로 우리들의 등하굣길을 내려다보던 바로 그 푸른 바위가 우리 모두에게 넌지시 속삭인 것만 같다.

우리들 생애에서 가장 아름다웠던 만남을 잊지 말자고.

차오르는 남한강 물속으로 가라앉으며,
우리들 마음속 그 푸른 바위가 그렇게.

나는 술꾼이로소이다

나는 벌써 몇 년째 매일 아침 세 가지의 가루를 먹는다. 쥐눈이콩
으로 만든 청국장 가루와 칡 가루, 솔잎 가루가 그것이다. 아침 대
용으로 먹으려고 시작한 것인데 아침은 아침대로 또 먹으니 식전
식이 되었다. 모두 나의 건강을 염려하는 처와 부모님이 직접 농사
짓고 채취한 것으로 만들어준 것이다. 염려할 만큼 허약하거나 특
별히 아픈 곳이 없는데도 지성으로 그 세 가지 가루를 해주는 이유
는 내가 장복하고 있는 술, 담배 때문이다. 술과 담배를 퇴치하기
위해 주야로 맞서 소비하는 나 같은 사람에게 그 가루들이 좋다는
얘기를 들은 모양이다. 그 노고와 술, 담배로 인한 가계의 부담을
생각하면 나는 마땅히 당장 두 가지 모두를 끊어야 한다. 그러나
마땅히 해야 할 일을 하지 않으며 사는 것이 어디 한두 가지인가.
　우리 집안에서 술을 즐겨 마시는 사람은 나뿐이다. 아내는 물

론이고 아버지와 아우도 알코올과 혹 만난다 해도 데면데면하다가 한두 차례의 볼가심으로 곧 외면해버리는 정도다. 윗대의 할아버지들도 술을 입에 대지 않는 특이한 가문이었는데 나에 이르러 홀연 자욱한 누룩의 향이 집안을 감싸더니 가풍의 일대 쇄신이 일어나고 말았다.

술의 청탁과 안주의 근원을 가리지 않고 동반하기 어언 20여 성상, 하루를 거르면 아쉽고 이틀을 거르면 차마 그리운 내연(內緣)의 세월이었으니 돌이켜 생각하매 뜨거운 한 줄기 감회가 없을 리 없다.

'그녀'를 처음 만난 것은 열여섯 무렵이었지만, 그녀는 내가 아직 어리다는 핑계로 쉽게 곁을 주지 않았다. 나는 처음 만난 그녀의 쏘는 듯 매운 성정과 한번 만나고 나면 찾아오는 정체불명의 두통, 그리고 주위의 달갑잖은 시선 때문에 마음 놓고 그녀를 만날 수 없었다. 그러나 만나볼수록 몽롱함과도 같은 그녀의 눈빛과 은은한 체취는 거의 비틀거릴 정도의 매혹이었다. 드디어 대놓고 그녀를 만나도 좋은 나이가 되자, 나는 공사석을 불문하고 그녀를 동반했다. 그녀 역시 성인이 된 나를 축하라도 하듯이 온몸을 던져 내게 불꽃같은 정열을 일으키는가 하면 달변의 혀가 되었다가 마침내 장소에 구애 없이 잠에 떨어지는 대범함까지 선사했다. 실로 새로운 세상이 그녀 안에 있었다. 그녀를 만나는 자마다 모두 비슷했으니 유유상종이라, 나의 주위에는 온통 그녀와의 사랑에 빠진 무리들로 차고 넘쳤다.

대학 생활 내내 나는 대학이라는 곳이 그녀와의 사랑 외에 다른 무언가를 해야 하는 곳이라는 사실을 전혀 눈치채지 못했다. 그녀와의 사랑을 위해 책값은 부풀려졌으며 하숙 생활은 비밀리에 자취로 바뀌었다. 자취방의 구석에는 항상 그녀가 벗어놓은 크고 작은 외투가 쌓였고 때로는 한 자루나 되는 외투를 지고 가서 온전한 그녀와 바꿔 가슴에 품고 돌아오기도 했다. 우리는 곧잘 그녀를 피에다 비유했거니, 그 애정의 깊이를 짐작할 수 있으리라.

하지만 그녀와의 집단적 사랑은 그리 오래가지 않았다. 이십 대가 다 가기 전에 누군가는 단호히 관계를 청산하기도 했지만 대개는 그녀의 옷고름을 만지작거리거나, 머리카락을 쓰다듬는 것으로 차마 끊을 수 없는 애정의 끈을 이어갔다. 여전히 그녀의 깊은 속살과 교접하는 사람들은 뿔뿔이 자기만의 성채로 그녀를 모셨다. 나도 그중 하나였다.

이른 봄이다.

바람도 찬 기운을 잃었고 양지쪽에는 산수유나무 꽃이 피었다. 농사일도 아직은 한나절 하고 나면 이틀쯤은 할 일이 없다. 산에는 제일 먼저 나는 산나물인 땅흘잎과 원추리가 한창이다. 삶아도 별반 줄지 않는 그 나물들을 다진 마늘과 소금과 들기름만으로 무쳐 보시기에 담고 거냉한 막걸리 한 주전자와 함께 산수유 꽃그늘로 간다. 겨우내 마른 은행잎과 산에서 날아온 가랑잎, 단풍잎들이 방석이 되어준다. 인적이 끊긴 오후의 햇살은 나른하고 첫잔을 든 손길은 조급하다. 막걸리 한 대접을 남기지 않고 단숨에 낸다. 막걸리는 겨냥했던 곳으로 정확히 떨어져 포연과도 같은 술기운을 재빠르게 머릿속까지 퍼뜨린다. 다시 대접을 채우고 나물을 집는다.

문득, 내 나이가 떠오른다. 삶에 대한 낭만적 가능성이 사라진 나이, 이제는 이룰 수 없는 꿈들에 대한 회한의 나이, 별빛처럼 반짝이던 상상력이 뿌연 욕망의 안개 속을 헤매는 나이, 또 한 잔을 마신다. 사는 일이 구차하고 쓸쓸해진다. 늙어 아픈 곳이 많은 부모님과 손톱 여물을 썰어가며 살아가는 아내, 아무것도 모르는 어린 것들, 그들이 오로지 바라보고 있는 나 자신까지도.

제 어미와 함께 아이들이 나온다. 나 있는 곳에는 눈길도 주지 않고 제각기 호미 하나씩을 손에 든다. 냉이라도 캐러 가는 모양이다. 가여운 것들, 아비가 이 세상 굴러가는 속내와는 사뭇 다른 길밖에 알지 못하니 앞으로의 날들이 더 쓰리고 아프리라.

주전자 반쯤이 비었다. 취기는 온몸으로 퍼져가지만, 내 얼굴은 부끄러움으로 붉다. 철없던 시절의 악행과 비루했던 변명들, 비수처럼 쏟아낸 독설들이 고스란히 소금이 되어 얼굴을 문지른다. 미안하다, 내게서 상처받은 벗들, 여인들이여. 그리고 내가 알지 못하는 어디에서 나에게 준 상처 때문에 가슴 아플 이에게 이미 오래전에 용서했음을 전한다.

바람에 날린 산수유 꽃잎이 술잔으로 떨어진다. 짝을 찾는 장끼 한 마리가 푸드득거리며 날아오른다. 갑자기 세상이 환해진다. 봄날이다. 가늘게 뜬 눈길 너머에는 낙엽송들이 연초록 옷을 갈아입고 있다. 이내 주전자가 빈다.

술을 조금 줄일 생각을 가지고 있다. 우선 이제 머리가 큰 딸들의 지청구가 대단하다.

"아빠, 그렇게 술을 마시면 첫째, 아빠의 건강이 나빠지고 둘째, 우리랑 이야기할 시간이 없고 셋째, 애들한테 나쁜 영향을 끼쳐. 두일이 좀 봐. 물을 마셔도 꼭 소주잔으로 마시려고 하잖아."

마땅히 대꾸할 틈새도 없이 오금을 박으며 따지는 품새가 제어미는 저리 가라다. 자식이 제일 무섭다더니, 틀린 말이 아니다. 내가 생각해보아도 득보다 해악이 월등한 것이 술이다. 흥겨움을 더하기도 하지만 분노의 기폭제가 되는 일이 많고, 나처럼 홀로 마시는 술은 그 유혹의 강도가 심하여 그 품속만이 가장 아늑한 곳이라는 거짓 환상을 일으킨다. 무엇보다 술을 마시고 취했다가 깨어나기까지 그 긴 시간이 아깝다.

무슨 일을 하던 게으름을 피워도 좋은 나이는 아닌 것이다. 내가 가장 사랑하는 것들을 사랑할 시간도 부족하다. 머지않아 부모의 품을 떠나갈 아이들과, 살아 계실 날을 가늠할 수 없는 부모님, 보잘것없는 대로 10년 넘게 가꾼 나의 삶터, 그리고 무엇보다 오랜 애태움 끝에 이제야 조금씩 손을 내미는 소설이라는 괴물과의 한 판 싸움을 위해 술을 줄이려 한다.

내연의 관계가 너무 오래 지속되면 필경 파탄이 온다. 물론 그 오랜 연인과 무 자르듯 절교를 선언할 만큼 나는 냉정하지 못하며 그럴 수도 없을 것이다. 독한 매혹과 유혹이었던 그녀도 함께 나이를 먹으며 편한 친구가 되었으면 좋겠다. 그럴 수 있을 것이다. 나는 술꾼이니까.

흘러라,
네 온갖 서러움

팔구십 년대에 불리다가 잊힌 노래 중에 〈광주천〉이라는 노래가
있다. 박선욱 시인의 시에 곡을 붙인 그 노래 첫머리가 이 글의 제
목으로 삼은 구절이다. 나는 1990년대 초반에 이 노래를 한 달 내
내 매일 들은 적이 있다. 어느 문화선전대의 일원으로 유럽 8개국
도시를 다니며 남북 유엔(UN) 동시 가입을 반대하는 공연을 펼칠
때였다.

공연의 백미는 단연 광주민중항쟁이었는데 참혹한 사진들이
슬라이드로 비춰지면서 '광주천' 의 처절하고도 한 맺힌 노래가 흘
러나왔다. 같은 공연이 계속되었지만 그 장면과 노래가 나올 때면
어김없이 눈물이 났다. 광주의 피맺힌 아픔과 말없이 흐르는 강물,
물결치는 보리밭의 영상은 슬픔과 분노를 갑절로 증폭시켰다. 무
심하게 펼쳐지는 강물과 보리밭 사진이 불러일으키는 그 효과에

거듭 놀라면서 나는 알았다. 이 땅의 사람들이 겪는 모든 고통과 슬픔을 우리의 산하가 함께 앓고 있음을.

5킬로미터의 청계천에 기고만장하더니 급기야 634킬로미터에 이르는 네 개의 강을 파헤치기 시작했다. 하도 청계천을 잘 복원해 놓았다기에 나도 서울 간 길에 일부러 들러본 적이 있다. 원래의 청계천을 본 적이 없으니 복원 여부는 잘 모르겠으되 내 눈에는 그게 제대로 된 하천으로 보이지 않았다.

나는 골짝 물이 흘러 실개천을 이루고 개울들이 모여 점점 몸집을 불리다가 남한강에 보탠 물이 되는 충청도의 어느 합수머리에서 어린 시절과 청소년기를 보냈다. 자연스러우면서도 아름다운 그 물길들을 마음에 담고 있는 내게 청계천은 잔뜩 분칠한 여자의 얼굴처럼 가까이 갈 수 없는 개울이었다. 나중에 공사를 한 사람들 거개가 조경업자라는 얘기를 듣고서 역시 그랬구나, 싶었다. 게다가 무슨 개울이 들어오는 물은 없고 양수기로 퍼 올린 물만 흐르고 그 비용이 연간 100억 원이 넘는다고 하니 이쯤 되면 복원이란 말속에 숨은 뜻이 다름 아닌 정치적 쇼였음이 명백했다. 이것을 무슨 큰 업적이라고 조자룡 헌 칼 쓰듯 수시로 꺼내 휘두르며 급기야 4대강 죽이기에도 '청계천도 반대하더니 지금은 다 좋아하지 않느냐'는 초등학생만도 못한 변설로 백성들의 눈과 귀를 속이려든다.

말 얘기가 나왔으니 하는 말이지만 지난 몇 년 동안 모국어에 심각한 혼란이 일어나고 있다. 그중에도 단연 우뚝한 두 단어가 '녹색성장' 과 '친서민' 이라는 말일 것이다. 자신들이 가진 정체성과 정반대의 구호를 서슴없이 내세우는 이 배짱과 무모함은 오래전 군사 쿠데타를 일으키고 '정의사회 구현' 을 외쳤던 자들에 뒤지지 않는다. 이 치졸한 말장난에 백성들은 '녹색' 을 '시멘트' 로, '친서민' 을 '부자 우대' 로, '강 살리기' 를 '강 죽이기' 로 번역하여 새겨야 하는 고역을 치르고 있다. 일물일어(一物一語)를 위해 고심하는 모든 시인들을 허탈하게 만들고 거짓을 진실로 우기는 우격다짐 앞에 '거짓말 꾸미기' 의 명수인 소설가들조차 망연할 따름이다. 농담이 아니라 이 사태가 백성들로 하여금 말을 불신케 하여 말을 업으로 삼는 작가들이 외면받는 지경으로 번질까 진정 두렵다.

거짓말을 예로 들면 끝도 없겠지만 4대강을 파헤치며 떠드는 말 같지도 않은 말 가운데 가장 나를 분노케 하는 것이 댐을 만들어 가둔 물이 깨끗해졌다는 거짓말이다. 개인적으로 나는 댐 때문에 인생의 절반쯤을 조졌다고 생각하는 사람이다. 대놓고 말은 못해도 살아생전에 우리나라 최대 댐 중의 하나인 충주댐이 폭삭 무너지는 꼴을 보았으면 하고 바라기도 한다. 태어나 16년을 산 고향이 충주댐에 묻혔고 그 덕에 이리저리 떠돌다가 멀리도 못 가고 결국 고향 언저리에서 농사를 지으며 살고 있는 내 처지를 빗댄 넋두리가 아니다.

전문가들이 측정한 수치가 어떤지는 몰라도 내가 눈으로 보며 사는 댐의 물은 결코 깨끗하지 않다. 충주댐에서 흘러내린 맑은(?) 물이 수 킬로미터 아래의 조정지 댐에 갇혀 꽤 넓은 호반을 이루고 있는 곳이 있다. 연전에 한반도 대운하 홍보 동영상을 찍었던 장소이고 2013년에 세계 조정선수권대회가 열리기로 한 곳이기도 하다. 천변을 유원지로 꾸며놓아 행락객들이 몰리기도 하지만, 가까이 가서 보면 눈을 의심하게 된다. 물속의 돌은 돌이라기보다 희미한 윤곽을 지닌 어떤 생물체처럼 흐느적거린다. 조류와 물때가 켜켜이 앉은 바닥에는 한여름일지라도 벗은 발을 담글 생념을 낼 수 없다.

해마다 처음 보는 괴생물체가 출현하기도 한다. 충주댐이 상수원인 서울의 언론에는 나오지 않는지 몰라도 지역의 방송에서는 여러 번 이 괴생물체를 다루었다. 내가 직접 본 그 생물체는 마치 형체가 사라진 해파리 모양을 한 것과 바다에서 나는 모자반처럼 생긴 초록색 생물체였다. 겉모양만으로도 흉측하여 보는 순간 어떤 재앙을 떠올리게 될 정도였다.

강이 죽었다는 과장된 헛소리가 사실이라 할지라도 그 죽음에는 전국의 강에 세워진 수많은 댐들이 한 원인임은 분명하다. 우리나라에는 무려 700개가 넘는 대규모 댐과, 물길을 가로막는 크고 작은 소규모 시멘트 댐이 1만 8000여 개나 있다. 물을 가두어 수질을 개선한다는 논리는 애초부터 모순에 가득 찬 것이었다. 그러므로 그들의 목적은 홍수 예방이나 수질 개선 따위일 리가 없다. 국가백년대계나 치산치수는 더더욱 아니다. 내 생각에 아마 그들도 어쩔 수 없는 어떤 힘에 등을 떠밀리고 있는 것 같다.

그들의 정체는—한편으론 측은하기도 한데—끊임없이 삽질을 해야 하는 조건을 가진 존재, '토건 마피아'라고나 불러야 할 자들이다. 멈춘다는 것은 곧 죽음이므로 어떤 이유와 명분을 내세우더라도 그들은 쉬지 않고 '사업'을 벌여야 하는 존재들이다. 사업을 위해서라면 어떤 수사와 분식도 상관없다. 그들에게도 괴로움은 있다. 웬 민주주의? 여론이라니? 젠장, 선거 때문에 자칫하면 좆된다니까, 등등이다. 그러니까, 예언컨대, 이들은 머지않아 거추장스러운 가면을 벗어던질 것이다. 사실은 강 살리기가 아니고 부동산 투기였음을, 국가 소유인 하천부지를 개발하여 그 이익을 나누어 먹으려는 협잡임을. 강가에 아파트와 위락시설 따위가 들어서고 강물이 썩어갈 때야 우리는 경악하고, 때는 이미 늦을 것이다. 뒷날의 물결이 다시 그들을 극복하기 위해 우리가 알 수 없는 그 무엇을 하리라. 그게 우리가 아는 역사라는 이름의 핏자국이다.

이 마피아 조직에는 세 명의 공동대표가 있는데 정부와 건설자본과 언론이 그들이다. 이 삼두마차가 달리는 곳에 산하는 남아나지 않는다. 이들은 때로 친절을 베풀고 욕망을 부추긴다.

내가 사는 시골 마을에도 이 마피아 졸개들이 판을 친다. 산 중턱에 혼자 사는 집이라도 말만 하면 제꺽 집 앞까지 시멘트로 포장을 해준다. 지역의 토호들이 지방의회를 장악하고 그들과 연결된

토건회사들을 위해 아낌없이 예산을 배정하는 일은 이제 비밀도 아니다. 농로고 봇도랑이고 그들은 풀이 자라고 빗물이 스며드는 흙을 원수처럼 여긴다. 길을 포장하고 산을 깔아뭉개야 땅값이 오른다는 사실을 농사꾼이라고 모를 리 없다. 통째로 잡아먹히면서도 당장 입에 단것을 물려주니 저 죽는 줄을 모른다. 개발이 선이라고 외쳐대더니 급기야 모 국회의원은 '인간은 자연 속에서 살 수 없다' 고 절규하기에 이르렀다. 인간은 자연을 떠나서 살 수 없다고 생각하는 장삼이사들은 실로 죽었다 깨어나도 이해 못할 경지다.

몇 해 전, 촛불 시위가 한창일 적에 시민들의 손에 든 여러 펼침글 중에 지금껏 인상 깊이 남은 글귀가 있다. '2MB, 제발 아무것도 하지 마!'

불도저처럼 경제를 살리겠다는 그들에게, 주말도 반납하고 일을 하겠다는 그들에게 시민들이 보내는 통쾌한 야유였다. 기왕 잘못 뽑았으니 월급은 주겠다, 그러니까 월급이나 받고 제발 가만히 있어라! 그들이 의욕적이면 의욕적일수록 백성들에게 재앙이 된다는 것을 우리는 집권 1년도 안 되어 확연히 깨달았다. 4대강을 아무리 죽이고 싶어도 상식과 법을 깔아뭉개고 온갖 거짓된 수치를 들이대며 밀어붙이는 모습은 영락없는 조직폭력배의 모습이다. 그 폭력에 티끌처럼 많은 생령들이 스러지고 있다.

내가 사는 곳을 굽이도는 남한강가에서도 요즘 밤낮으로 공사를 하고 있다. '한강 살리기 7공구'라고 이름 붙인 현장에는 중장비와 트럭들이 개미 떼처럼 오가며 강바닥을 파헤친다. 이 구간 안에는 신경림의 시 「목계장터」의 목계가 포함되어 있다. 장터와 나루터는 사라졌지만 강가의 솔밭이며 습지가 아름다운 곳이다. 아직 공사가 얼마 진행되지도 않았는데 강가의 논들에는 파낸 흙이 산더미처럼 쌓여 있다. 그러나 이곳은 적막하다. 기계 소리는 요란하지만 사람의 소리는 들려오지 않는다. 흔한 4대강 반대 플래카드도, 강변을 걷는 발길도 없다.

4월 초에 여주 강천보 현장을 보고 그 엄청난 훼손의 규모에 충격을 받았다. 아직 남아 있는 아름다운 강변과 대비되는 공사 현장은 끔찍하기 이를 데 없었다. 그래도 그곳에는 4대강을 반대하는 성직자와 예술인과 시민들이 있었다. 힘으로 치면 포클레인 한 대도 못 이기겠지만 결기와 의지는 강천보를 무너뜨리고도 남음이 있었다. 그런데 이 7공구에는 나 혼자였다. 소심한 나는 헬멧을 쓴 현장 사람들에게 말 한마디 못하고, 욕지거리는 더더욱 못하고 강가에 앉아 막걸리만 마셨다. 그러다가 문득 내 편이 또 하나 있음을 알았다. 의연히 흐르는 강물! 반을 갈라 가물막이를 치고 밤을 낮 삼아 파고 헤쳐도 아, 강물의 흐름은 의연했다.

흐르던 강바닥을 다 포클레인에 내주고, 저들이 쌓은 물길을 따라 한 허리를 잘렸으면서도 강물은 흘러가고 있었다. 다 안다,

다 안다, 다 안다, 고 흘러가고 있었다. 강물을 향해 나는 허리를
접었다.

　미안하다, 어머니 강물에게, 방아깨비한테, 쑥부쟁이한테, 피
묻은 칼을 씻던, 저문 강에 삽을 씻던 내 아버지, 할아버지에
게……

유
럽
의

기
억

1991년 8월, 무덥던 그 여름 뉴욕 한국청년연합 사무실에는 밤낮
으로 풍물 소리가 울려 퍼지고 있었다. 잠시 풍물 소리가 가라앉은
사이에는 영어로 새로 짠 마당극 〈해방의 소리〉 연습을 하느라 여
전히 마룻바닥에 구슬땀이 떨어졌다. 풍물과 마당극을 하는 사람
들은 모두 네 명으로, 혼자서 몇 사람의 역할을 하는 그들은 재미
한청련의 각 지역에서 문화패를 책임지고 있는 일꾼들이었다. 리
더 격인 정승진 뉴욕 비나리 단장과 LA의 김준, 산호세의 이범식,
그리고 뉴욕의 조민선 회원들이었다.

그들은 9월에 유럽으로 파견될 문화선전대원들이었다. 우리나
라 민족민주운동 사상 처음으로 주요 유럽 8개국에서 지배자의 문
화가 아닌 민중의 문화를 제대로 알리겠다는 의지가 땀방울로 흘
러내렸다. 모두 이십 대 초중반인 대원들은 살인적으로 이어진 한

달여의 연습을 거쳐 마침내 유럽을 향한 모든 준비를 마쳤다. 물론 그 사이에 뉴욕의 회원들은 공연에 쓸 각종 현수막과 걸개그림 등을 만들고 대원들의 연습을 뒷바라지하느라 대원들 못지않은 구슬땀을 쏟았다. 국제연대 요원들과 윤한봉 선생은 한 달여의 일정과 현지 책임자 문제, 경비며 기타 수많은 세부사항을 짜느라 하루에도 몇 번씩 유럽으로 전화를 돌리고 있었다.

재미 한청련에서 유럽에 문선대를 파견하기로 결정한 것은 그해의 사업 계획을 짜면서 이미 확정된 것이었다. 윤한봉 선생은 그 의의를 이렇게 설명하셨다.

"큰 변수가 없는 한 올해 남북의 조국이 유엔에 분리 가입하게 될 것이다. 이 사안은 남부 조국의 운동진영으로서는 전력을 다해 반대투쟁을 할 수 없는 여러 가지 여건이 있다. 그러나 해외운동을 하는 우리는 유엔 분리 가입에 대하여 코리아 문제에 연대하는 많은 타민족 형제들에게 알려야 할 책임이 있다. 그동안 항상 조국은 하나다, 라는 입장에 서왔는데 국제적으로 두 개의 조국이 인정되는 사태에 대해 강력한 항의를 하지 않는다면 국제적인 웃음거리가 된다. 조국의 운동권이 할 수 없되 우리가 할 수 있는 최대한의 선전 활동을 하자. 그것은 국제사회에서 조국 민족민주운동의 존엄을 지켜내는 것이기도 하다."

문선대는 미국에서 다섯 명, 그리고 재유럽 한청련에서 두 명, 총 일곱 명으로 짜여졌다. 미국에서 가는 다섯 명 중 위의 진짜 네 명 외에 내가 선발되었다. 윤한봉 선생께 은근히 가고 싶은 속내를 비치기도 했지만 낙점을 받은 최종 이유는 당시 내 몸무게가 90킬로그램에 육박하는 거구였기 때문이다.

"용탁이는 한청련에서 최고로 출세한 짐꾼인께, 그리 알드라고잉."

실로 한 달간의 유럽 일정에 따르는 짐은 많고도 많았다. 두 벌씩 챙긴 풍물에, 프로젝션, 슬라이드 쇼를 위한 장비, 현수막, 타민족 형제들에게 줄 유인물 등속, 선전 단추, 개량 한복, 경비를 아끼기 위한 고추장, 된장 따위에 개인 짐까지. 만약에 짐꾼이 없다면 선전대원들만으로는 도저히 감당하기 어려운 지경이었다. 그래서 풍물도 마당극도 못하는 내가 영광스럽게 대원의 한 사람으로 끼게 된 것이었다.

나는 바로 전해에 한청련에 가입한 신출내기였다. 괴로운 결과를 낳았던 1987년 대선이 끝나고 나는 곧바로 미국으로 건너갔다. 뉴욕에서 2년 동안 소규모 장사를 하며 지낸 나는 더 이상 이렇게 살아선 안 되겠다는 마음으로 동포 학생들이 많이 다니는 퀸즈칼리지라는 학교에 들어갔다. 그때까지 나는 한청련이라는 단체도 윤한봉이라는 이름도 알지 못했다. 학교에 입학한 그해 가을, 뉴욕에서는 남북영화제가 열렸다. 남북한의 영화인들이 뉴욕에 모이고 내가 다니던 학교 영화관에서도 북한의 영화가 상영되었다. 놀라움과 흥분에 싸여 나 역시 영화를 보러 갔다. 지금도 선명히 기억하는 〈도라지꽃〉이라는 영화를 보고 나는 감동과 격정에 휩싸여 엔딩 자막이 올라가는데도 일어날 수가 없었다. 그때였다. 극장의 맨 뒷줄에서 한 무리의 청년들이 일어나 노래를 부르기 시작했다. 거의 울먹임이 섞인 목소리로 그들이 부르던 노래는 〈조국은 하나다〉라는 노래였다. '반만년의 역사를 이어온 우리는 하나의 조국, 백두산의 정기가 내리어……' 로 이어지는 그 노래를 들으며 나는 마치 서울 한복판에 서 있는 듯한 착각으로 흐르는 눈물을 주체할 수 없었다. 그리고 그 일단의 젊은이들이 누구인지 궁금증이 일었다. 하지만 밖으로 나왔을 때는 이미 그들의 자취를 찾을 수 없었다. 다만 내 차에 한 장의 유인물이 꽂혀 있었다. 유인물의 제목은 '유엔 분리 가입 저지와 평화협정 체결을 위한 유엔 앞 단식농성'이었다. 농성은 10월 1일부터 보름간 진행되었고 내가 유인물을 받은 날은 거의 농성이 끝나가는 시점이었다. 놀라움과 부끄러움, 그리고 반가움을 안고 나는 다음 날 유인물에 적힌 주소를 찾아갔다. 퀸즈의 잭슨하잇이라는 동네, 히스패닉계가 주로 사는 우범지역 거리, 허름한 건물 2층이었다.

뉴욕 한청련과 만나자마자 나는 곧 아, 이들은 진짜구나, 라는 생각이 들었다. 어렵게 들어간 학교 대신 한청련 사무실로 출퇴근을 했고, 회원들 간의 가족과도 같은 끈끈한 동지애에 나도 곧 감염되어 마치 새로 태어난 듯한 기쁨에 빠졌다. 한청련은 실로 놀라운 단체였다. 한마디로 표현하자면 그것은 헌신성이었다. 그들은 늘 '조국에서 피를 흘릴 때 우리는 열 배 스무 배로 땀을 흘리자', '뺀들바우가 아닌 곰바우가 되자'는 말을 하며 힘들고 어려운 일일수록 다투어 몸을 던졌다. 조국에서 학생운동의 맛을 보았던 내게 한청련의 활동 모습은 충격과 감동이었다. 그리고 그러한 활동의 뿌리에 윤한봉이라는 낯선 인물이 존재함을 알게 되었다.

두어 달쯤 지나 뉴욕에 온 윤한봉 선생을 처음 만나자마자 나는 그분에게 깊이 빠져들었다. 며칠 동안 여러 이야기를 듣고 함께 생활하면서 나는 책에서만 본 위대한 혁명가를 만났음을 깨달았다. 왠지 내게는 윤한봉 선생의 모습에서 호찌민의 이미지가 함께 보였다. 한편으론 어려우면서도 다른 한편으로는 한없이 자애로운 모습이었다. 게다가 때로 보이는 어린애와도 같은 무구함이라니. 그에게서 나는 삶의 모든 순간을 조국의 운명과 함께하는 진정한 혁명가의 모습을 보았다. 내가 이 세상에서 보았던 가장 눈부신 사람, 그것이 지금도 내 가슴에 남아 있는 윤한봉 선생, 아니 그때 불렀던 대로, 합수 형님이다.

어쨌든 나는 한청련에 들어간 지 1년도 채 되지 않아 문선대의 일원이 되어 독일행 비행기에 올랐다. 한청련의 모든 활동과 마찬가지로 우리 역시 최소의 경비로 최대의 효과를 내야 했으므로 비행기는 완행 인도행 비행기였다. 완행이라 함은 인도까지 무려 48

시간에 걸쳐 가면서 유럽 주요 도시마다 멈추었기 때문이다. 중간에 내리고 타는 손님들과 인도까지 가는 승객 모두 제일 값싼 여행을 선택한 이들이 이용하는 비행기였다. 비행기 안은 매캐한 카레 냄새가 퍼져 있고 믿기 어렵겠지만 화장실 문은 떨어져 옆에 기대어 있었다. 그 덕에 가지고 타는 짐에는 너그러워 우리는 엄청난 짐을 마치 시골 버스에 실 듯이 쌓고 갈 수 있었다. 유럽에서는 독일의 박희원, 이금윤 부부 회원이 전 일정을 함께하기로 했다. 국제연대 요원인 두 회원은 독일에 유학 중인 학생이었다.

유럽 내 이동은 수명이 한 달쯤 남은 완전 고물 승합차를 사서 이용하기로 했다. 그게 가장 싼 교통수단이었는데, 헐값에 산 그 고물차는 기적처럼 일정 내내 별 말썽을 일으키지 않았다. 우리는 그 차에 짐을 싣고 가다가 배고프면 공원에서 라면을 삶아 먹고 밥을 지어 먹으며 유럽을 떠돌기 시작했다. 행색은 영락없는 집시의 그것이었지만 대원들 가슴속에는 최초의 문선대 활동을 성공적으로 완수하겠다는 열정으로 가득했다.

공연은 크게 세 부분으로 이루어져 있었다. 〈광주천〉, 〈임을 위한 행진곡〉 등의 노래로 이루어진 1부와 광주항쟁을 주제로 한 마당극, 그리고 풍물놀이였다. 공연은 장소와 시간에 맞게 탄력적으로 조절했다. 예를 들면 첫 번째 공연지였던 룩셈부르크에서는 실망스럽게도 무대가 조그만 술집이었다. 진보적인 인사들이 모이는 호프집 비슷한 곳이었는데 부득이 노래 공연만 할 수밖에 없었다. 프랑스에서는 이틀이나 공연했지만 장소의 여건상 풍물을 치며 길놀이 형태의 공연만 여러 차례 되풀이하기도 했다. 그 외 나라에서는 대개 우리가 준비한 내용을 알차게 진행할 수 있었다.

우리는 룩셈부르크를 시작으로 벨기에와 독일, 아일랜드 등지에서 꽤 큰 규모의 실내극장을 이용하여 수많은 유럽 진보 인사들에게 조국의 현실과 문화를 알릴 수 있었다. 현지의 진보 인사들은 주로 공산당이나 사회당원들이 많았고 그들은 조국의 학생운동에 대단한 관심을 가지고 있었다. 당시 강경대 열사의 죽음과 이어진 분신으로 학생운동은 세계 진보운동에서 가장 놀랍고 뛰어난 한 부분으로 관심의 초점이었다.

공연 시작은 애절하고도 가슴을 에는 〈광주천〉 독창으로 시작되었다. 뛰어난 가창력의 정승진 단장이 '흘러라, 네 온갖 서러움, 더러운 네 굴욕과 수모……' 라고 노래를 시작하면 나는 준비한 슬라이드를 무대로 비추어주었다. 광주의 학살과 투쟁이 담긴 사진들을 보며 관객들은 숨을 죽였다. 이어지는 마당극에서 미국에 대한 해학과 풍자는 웃음을 터뜨렸고, 극 말미의 죽은 영이 흰 천을 가르는 서러운 장면에서는 푸른 눈의 타민족 형제들도 눈물을 뿌렸다. 수없이 많이 공연을 치르면서도 나 역시 이 장면에서는 예외 없이 눈물을 흘렸다. 마지막으로 신나고 박력 있는 풍물과 '반전 반핵', '양키 고 홈' 의 구호를 제창하며 공연이 끝나면 어느새 관객과 우리는 민족과 인종을 넘어 정의와 평화를 갈구하는 뜨거운 연대를 확인할 수 있었다. 가는 곳마다 우리의 공연은 기대했던 것보다 훨씬 더 뜨거운 관심과 호응을 이끌어냈다. 작은 규모에 실망하는 눈빛이던 이들도 공연을 보고 나면 진정으로 열광하고는 했다. 그것은 우리의 진정성과 더불어 우리 민중문화의 우수성에서 비롯된 것이었다. 이후 정치색을 거세한 풍물패의 세계 진출이 여러 성공을 거둔 것도 그와 같은 맥락이 있었을 것이다.

어쨌든 열광적인 반응에 고무된 우리들은 극도의 열악한 환경과 체력적인 한계를 이겨내며 공연을 이어갔다. 자세한 이야기를 쓰자면 한 권의 책이 될 터여서 몇 개의 에피소드만 이야기하겠다.

우리는 공연 중에 몇 차례 필리핀의 민족민주전선(NDF)의 도움을 받았는데, 이유는 그들이 유럽 전 지역에 걸쳐 광범위한 국제연대조직을 건설해놓았기 때문이었다. 당시에 유럽의 진보적 인사들이 가장 적극적으로 연대하는 운동이 필리핀 운동이었다. 조국 운동에 관심을 가진 많은 인사들이 NDF의 운동에 간여하고 있었다. 그런데 그 인사들 중 여럿이 우리의 공연을 보고 충격을 받아 연대의 초점을 조국으로 돌리려고 하는 움직임이 있었다. 특히 아일랜드의 젊은 성공회 신부이며 필리핀 연대운동의 핵심적인 역할을 하던 한 분이 적극적으로 그런 의사를 표시하자 NDF 측에서 크게 당황했다.

북아일랜드 벨파스트에서의 공연은 특히 인상 깊었다. 무장한 영국군이 삼엄한 경계를 펴고 여전히 목숨을 걸고 싸우는 아일랜드 해방군(IRA)의 근거지에서 이루어진 공연은 비슷한 민족적 정서로 인해 대단한 감격 속에서 끝났다. 공연을 통해 새로운 세계를 만난 신부님(애석하게도 이름이 생각나지 않는다)의 집에서 그날 저녁을 먹고 잠을 자게 되었는데, NDF의 요원 몇도 함께 자리를 했다. 식후의 술자리에서 양국의 운동가요들이 불리었는데 우리의 노래가 애절함과 박력으로 필리핀 사람들을 압도했다. 공연의 감격이 가시지 않은 신부님은 몹시 흥분하여 우리에게 적극적인 연대의 의사를 표시했다. 훗날 들은 바로는 이 일로 유럽 NDF가 긴급히 회의를 소집할 정도였다고 했다.

가장 잊을 수 없는 일은 프랑스에서 일어났다. 프랑스에서의 일정은 프랑스 공산당 기관지인 〈뤼마니떼〉가 주최하는 축제 기간에 잡혀 있었다. 〈뤼마니떼〉는 공산당 기관지이면서도 100만 명의 독자를 가진 일간지였고 프랑스 내에서 막강한 영향력을 가진 신문이었다. 신문사가 주최자이지만 '뤼마니떼 축제'는 전 세계 진보진영의 축제였다. 축제장은 파리 한복판의 공원이었는데 커다란 공원을 통째로 세내어 며칠 동안 흥겨운 잔치를 이어갔다. 공원 한가운데의 커다란 공간은 80여 개 나라에서 초대되어 온 진보적인 매체나 단체의 부스들이 긴 타원형으로 마주 보고 있었다. 우리는 당연히 초대된 단체는 아니었다. NDF의 부스에 곁방살이로 짐을 푼 우리는 흥분에 휩싸였다. 수십만은 될 것 같은 공원의 파리지앵도 그렇고 한꺼번에 80여 개 진보적 단체들에게 우리의 문제를 알릴 수 있다는 기대에 우리는 조급했다. 그리고 우리에게는 그 누구도 따라올 수 없는 강력한 무기가 있었다. 바로 풍물이었다. 어느 시위 현장에서도 우리의 풍물을 따라올 악기는 없었다.

커다란 걸개그림을 즉석에서 만장으로 개조하여 내가 들었다. 머리띠를 두른 젊은이가 주먹을 뻗어 'US troops out of Korea(미군 철수)'라고 외치는 그림 위에 한반도 기를 사이에 두고 두 남녀가 춤을 추는 그림이었다. 그 뒤로 강력한 우리의 풍물이 울리기 시작했다. 공원의 모든 시선이 단숨에 우리에게 쏠렸다. 처음에 어리둥절하던 사람들도 곧 장단에 맞춰 몸을 흔들며 우리 뒤를 따랐다. 박수와 터지는 함성, '코리안 무브먼트 넘버원'이라고 외치며 엄지를 들어 보이는 사람 등으로 우리는 유럽 공연 중 최고의 흥분에 휩싸였다. 맞바람을 맞으며 걸개그림을 들고 가는 나도 쏟아지는 땀을 닦을 새도 없이 쉬지 않고 앞으로 나아갔다. 그렇게 얼마나 갔을까? 수많은 부스들을 지나 거의 끝에 다다랐을 무렵, 갑자기 우리를 닮은 한 무리의 사람들이 우리 앞에서 손바닥이 깨지라고 손뼉을 치고 있었다. 그들의 뒤에 있는 부스에는 놀랍게도 한글로 '로동신문'이라고 쓰여 있었다. 순간, 나도 멈추고 풍물 소리도 잦아들었다. 이 갑작스러운 남북의 해후 앞에서 우리는 한없이 눈물을 흘리며 서로를 바라볼 수밖에 없었다. 우리를 둘러싼 수많은 사람들 중에 그 눈물의 의미를 아는 사람이 과연 있을까? 참혹한 심정이었다. 그때 어느 타민족 형제가 'Korea is one'이라고 구호를 외쳤고 수많은 사람들이 따라 외치기 시작했다. 파리의 하늘 위에 오랫동안 울린 함성이었다.

그날 파리에 망명해 있던 홍세화 선생이 오셨다. 전설 같은 이름만 듣던 선생은 마음씨 좋은 국어 선생님처럼 편안했다. 흥분과 감격의 공연을 마치고 NDF 부스 뒤에서 저녁 준비를 하고 있을 때 〈로동신문〉에서 온 분이 보자기에 무언가를 싸 왔다. 열어보니 김치와 인삼주였다. 그런데 우리는 그것을 두고 갑론을박을 벌여야 했다. 문선대 활동 원칙에 유럽에서 접할 수 있는 북부 조국 인사들에 관한 것이 있었다. 노태우 정권에게 어떤 빌미도 제공하지 않기 위하여 북부 조국과는 그 어떤 접촉도 하지 않는다는 거였다. 홍세화 선생은 정으로 가져온 음식이니 고맙게 받는 게 좋겠다고 했지만 우리는 논의 끝에 돌려보내기로 했다. 하지만 며칠째 김치 맛을 보지 못했던 우리가 비공식(?)적으로 김치의 일부를 섭취했음을 이제는 고백해야겠다.

파리에서의 그 해후는 내가 살면서 가진 가장 극적인 순간이다. 너무도 압도적인 순간이어서 남은 일정 내내 어떤 열병에 빠진 것 같은 느낌으로 지냈다. 영국에서는 막 유학을 온 전태일 열사의 여동생 전순옥 씨 집에서 맛있는 커피를 대접받았고, 독일에서는 황석영 선생의 즐거운 입담에 취한 저녁식사 자리도 가졌다. 모두 잊을 수 없는 기억이다.

한 달여의 활동을 성공적으로 마치고 우리는 미국으로 돌아왔다. 정승진 단장은 호주 공연을 위해 곧바로 떠나고 나는 김준, 이범식 회원 등과 백악관 앞에서 항의 단식농성을 하는 것으로 〈해방의 소리〉의 대미를 장식하기로 했다. 사흘간 단식 후에 우리는 각자 자신의 지역으로 돌아갔다.

너무 오래된 기억이다. 내 생애 처음으로 유럽을 가보았고 한 달 내내 유럽에 널린 미술관이며 박물관 따위에는 근처도 못 가본 일정이었지만, 내 젊은 날에 가졌던 가장 아름다운 시간이었다. 세월은 흘러 정승진 단장은 여전히 뉴욕의 문화패 비나리의 단장이면서 주목받는 동포 정치인이 되었고 김준 회원은 LA에서 살고 있다. 다른 문선대 동지들은 어느새 소식도 알 수 없게 되었다. 인생의 환한 빛이었던 윤한봉 선생은 병마에 가시고, 형님께 과분한 사랑을 받았던 나는 삼류 작가가 되어 덧없는 날들을 보내고 있다.

괴로운 시절, 한없이 그리운 분이다…….

오
막
살
이
집
한
채

몇 달 전에 서울에 살던 그리 멀지 않은 친척 내외분이 내가 살고 있는 충주로 이사를 왔다. 이사라기보다는 정년퇴직을 하고 여생을 보낼 목적으로 고향으로 내려온 것이었다. 조그만 운송회사에서 30년 넘게 직장 생활을 하다가 은퇴한 분인데, 적은 봉급에 자녀 셋을 모두 대학까지 보내고 둘은 출가까지 시키느라고 꽤나 고생하신 걸로 알고 있었다. 그래서 이제 부부끼리 단출하게 노후를 보내고자 낙향했구나, 했는데 그게 아니었다.

충주에서 가장 최근에 지어진 고급 아파트를 사는가 하면(35평의 그 아파트의 분양가는 1억 8000만 원 정도였다) 역시 최고급이라는 지프를 샀다. 게다가 한 달 임대료 수입이 기백만 원 나오는 5억대의 건물까지 사는 게 아닌가. 나는 그분들이 로또에 당첨된 줄 알았다. 그 집의 살림살이를 들어서 대충 아는 나로서는 다른 경우가 있을 것 같지 않았다. 그런데 아니었다. 1000원짜리 로또 한 장 사는 것도 꽝이 나올까봐 아까워 사지 못한 그 분들에게 돈벼락이 떨어진 것은, 무엇이라 불러야 좋을까, 일명 달팽이 전법이라고 할 만한 것이었다.

그분은 서울 생활 30년에 다섯 차례 이사를 다녔는데, 운 좋게도 마지막 거주지가 강남의 아파트였다는 것이다. 서울 생활 초기에 집 없는 설움을 어지간히 당해서 집만은 어떡해서든 자기 집을 마련하여 전전한 끝에 빚을 안고 3억인가에 산 서른세 평짜리 아파트가 무려 11억이 되었다고 했다. 그러니까, 특별히 부동산 투자를 하려고 한 게 아니고 살다 보니까 그렇게 되었다는 것이다. 달팽이가 제 집을 이고 다니듯이 순전히 거주를 목적으로 몇 차례 이사를 다닌 것이 노후의 결정적인 한 방(그분의 표현임)이었다.

나는 서울에 살아보지도 않았고 서울의 아파트 시세 동향 따위에 관심을 두어본 적도 없어서 그분들의 신화 같은 이야기가 사실인지 아닌지 판단할 능력이 없다. 그분들이 억울해할지도 모르지만 나는 아직도 그분들이 로또에 당첨되었으면서도 주위에 그 사실을 감추는 것이라는 의심을 품고 있다. 왜냐하면, 내가 보기엔 지극히 평범하고 여전히 시골스럽기 짝이 없는 그분들에게 그런 횡재가 떨어진다면 그 야무지고 똑똑한 수많은 사람들은 1년에도 몇 번씩, 아니면 사흘거리로 그런 횡재를 해도 모자랄 것 같기 때문이다. 모르는 사람들이 모르는 사이에 그런 일이 벌어지는지도 모르겠지만, 여태껏 살면서 그런 경우를 이번에 처음 보았으니 설마 그렇지는 않을 것이다. 이래저래 참으로 알 수 없는 세상이다.

나는 커다란 집이 있다.

그 평수대로 강남의 아파트에 얹으면 10억 재산이 될 수도 있겠지만, 실 평수 45평의 우리 집은 3000만 원이다. 국가에서 친절하게 감정하여 가격까지 꼬박꼬박 알려주니 고마운 일이다. 세금도 만 원짜리 한 장 가지고 가면 거스름돈을 내준다. 백성의 궁금한 것을 풀어주고 세금은 적으니, 가히 태평성대라 할 만하다.

오래전 집을 지을 때 워낙 식구가 많다 보니 크게 지었는데, 그 사이 할머니가 돌아가시고 동생이 결혼하여 분가하고, 애들마저 학교 때문에 시내로 나가버렸으니, 휑하니 집 안에 바람이 이는 것 같다. 게다가 애들 때문에 아내도 시내에서 주로 지내고 나도 가끔 애들을 보러 나가니, 그 큰 집에 늙으신 부모님 둘뿐인 날도 많다. 전기를 아끼시느라 방 하나에만 불을 켜고 있어 밤에는 그야말로 산속의 단칸 불빛이다. 더구나 나는 틈만 나면 밖으로 나와 토굴 같은 나의 방으로 기어드니, 가뜩이나 외로우신 부모님께 불효를 더한다.

우리 집 뒤에는 집이 또 한 채 있다. 그러고 보니 무슨 집 부자 같지만, 그 집은 국가 공인 '가격 가치 없음'이다. 원래 밭을 살 때 딸려 있던 집인데, 방 두 칸짜리 허름한 기와집이다. 부수자고 하는 걸 내가 우겨서 그대로 두고 창고 겸 쓰는데, 그중 두 평 반 남짓한 방 하나에 구들을 들이고 나무 때는 방으로 만들었다. 지난 10여 년간 그 방은 오롯이 나의 성(城)이었다. 책을 읽고 우리 아이들 셋만을 독자로 한 동화를 쓰고, 낮잠을 자고, 술을 마시고, 벗을 맞고, 그곳에서 주름살이 깊어지고 머리털이 희었다. 다 늦게 소설을 써볼 결심을 한 것도 그 방이었고, 소설 쓰는 즐거움과 괴로움을 속속들이 보아준 것도 그 방의 말 없는 바람벽이었다.

아내도 나도 큰 집을 싫어한다. 아내는 그동안 큰 집을 쓸고 닦느라 어지간히 고생을 했기 때문이고, 나는 그런 아내의 오랜 지청구를 듣다 보니 그렇게 된 것 같다. 아내의 지론에 따르면 집이 커서 좋은 날은 기껏해야 1년에 서너 번이고 나쁜 날은 좋은 날 빼고 다라는 것이다. 그러면서 나중에 늙으면 아예 한 열 평짜리 오두막이나 통나무로 짓고 오붓하게 살잔다. 그러다가 애들이라도 우르르 몰려오면 어떻게 하느냐고 했더니 나오는 대답이 하, 기가 막히다.

"찜질방 가지, 뭐."

나는 대번에 꿍, 하고 돌아앉는다. 이 무슨 괴이한 말인가. 아이들이 모두 출가한다면 서로 그 얼마나 어려운 사이로 얽히고 얽힐 텐데, 내남없이 헐렁한 속곳 같은 것을 걸치고 둘러앉자는 게 대체 무슨 소린가? 대문에서 부르고 중문에서 기침했다가 장지문 고리를 두드리며 들어오던 시절이 엊그제 같은데, 며느리는 안채에 머물고 사위는 별채에 들며 조석(朝夕)으로 각상(各床)을 받던 날이 그리도 아득한 옛날이 되었던가. 혼자 하는 생각을 입 밖에 냈다가는 당장 극렬 보수의 혐의를 쓰겠으니, 별수 없이 나의 성으로 퇴각하고 만다.

그래도 욕심 없는 사람을 반려로 맞은 것을 나는 다행으로 여긴다. 나의 터수에 고대광실은 고사하고 그렇게 편하다는 아파트 한 채 가질 리도 없을 테니, 나의 반려가 그런 걸로 마음을 달구는 사람이라면 나는 배겨나지 못할 것이다.

밤콩을 털고 거름까지 다 내었으니, 올 농사는 그만이다. 김장도 여러 독 묻어 겨우내 맛이 들어 봄까지 갈 것이다. 산밤도 두어 말, 고구마도 한 가마 턱은 되니, 구진한 겨울밤 간식거리도 넉넉하다. 방학이 되면 아이들도 집으로 돌아와 넓은 집에 다시 온기가 훈훈할 것이고 부모님 얼굴에도 웃음꽃이 피어나리라. 아이들을 위해 눈썰매를 만들고 연실을 잣는 아버지, 대추 찰떡을 한다며 행여 아이들이 깨물까봐 일일이 대추 씨를 바르는 어머니, 가만히 보고 있으니 더도 덜도 아닌 그 모습이 나와 내 아내의 20년쯤 후의 모습이다.

그때에 우리가 어디에 살고 있을지는 모를 일이다. 지금 사는 집에서 여전히 과수원을 하며 살고 있을지, 인생의 어떤 구비가 다른 곳으로 이끌어 갈지, 혹은 명계의 어디쯤을 흐르는 구름이 될지도.

　세상에 와서 몸을 눕히고, 사랑을 하고, 웃고 우는 모든 것은 조그만 오막살이 집 한 채면 충분하다. 아니, 그 사람 하나하나가 어쩌면 흐린 등불로 외롭게 서 있는 오막살이 집 한 채인지도 모르겠다.

　온 세상이 사락사락 흰옷을 갈아입는 아, 첫눈 오는 밤이다.